挪/威/现当代文学译丛

爱

Kjærlighet

[挪威] 汉娜·奥斯塔维克 / 著　范炜炜 / 译

上海译文出版社

图书在版编目（CIP）数据

爱/（挪）汉娜·奥斯塔维克著；范炜炜译.
—上海：上海译文出版社，2019.8
（挪威现当代文学译丛）
ISBN 978-7-5327-8053-2

Ⅰ.①爱… Ⅱ.①汉… ②范… Ⅲ.①中篇小说—挪威—现代 Ⅳ.①I533.45

中国版本图书馆CIP数据核字（2019）第123938号

Hanne Ørstavik
KJÆRLIGHET
Translated into Chinese from the French

This translation has been published with the financial support of NORLA

NORLA
NORWEGIAN LITERATURE ABROAD

图字：09-2018-695号

爱
[挪威]汉娜·奥斯塔维克 著 范炜炜 译
责任编辑/杨懿晶 装帧设计/胡枫

上海译文出版社有限公司出版、发行
网址：www.yiwen.com.cn
200001 上海福建中路193号
启东市人民印刷有限公司印刷

开本 890×1240 1/32 印张 6.5 插页 2 字数 51,000
2019年8月第1版 2019年8月第1次印刷

ISBN 978-7-5327-8053-2/I·4943
定价：42.00元

等我老了，我们便乘上列车去远行，去到那遥不可及的远方。望向车窗外一一掠过的山脉、城镇与湖泊，同来自异乡的人们谈天说地。我们始终不要分开，列车也永远不要到达终点。

每周至少看三本书，有时还会是四本、五本。她非常喜欢在阅读中度过的时光：坐在床上，盖着被子，喝着咖啡，穿着长睡衣，满地烟蒂。她对电视完全没兴趣。“我从来不看电视。不过约恩可能有时想要看看。”

结了层薄冰的马路上，一位老妇人拖着灰色购物车艰难地往前走着，她赶紧将车偏向另一边避开。天色昏暗，维贝克看着墙壁的积雪在路面上投下影子。紧接着，她便发现自己一直没打开车头灯，就这样在夜色中行驶了一路。家已经快到了，她这才将灯亮起。

约恩试着眨眨眼睛保持清醒，但眼部周围的肌肉完全僵硬了，动弹不得。四下一片寂静。他在等维贝克回来。他想要睁大眼睛，于是聚精会神地盯着窗外的某个角落。地上的积雪至少有一米厚，雪地底下是窜来窜去的老鼠。它们在雪里建起了长廊和隧道，约恩想象着，它们应该会相互拜访、分享食物。

汽车的声音响起来了。他在等待这一刻，却又总是忘记这是什么样的一种声音。每次都是在他不打算再等下去的时候，这声音便会出现，因此他不用费心去记住这声音的感觉。她到家了，他听到了。他发现：不是我，是我的肚子，是我的肚子想起了这种声音。就在声音传入耳中之后，他从窗户一角看见了这辆蓝色小轿车。她在倒车时冲开了雪堆，朝家的方向转过去，驶上小台阶，径直来到了门口。

引擎声很大，在周遭寂静的环境中异常明显。她熄火下车。他听到了开门声。从大门打开起，他开始读秒，直到关门声响起。这样的声音，日复一日，从未改变。

维贝克将门口的购物袋往一旁挪了挪，再弯腰解开靴子。她的双手被冻得红肿，车里的取暖设备已经坏了。上周她开车载一位购完物的女同事回家时，人家向她提起过一处维修费不贵的地方。维贝克笑着说会考虑考虑。她的钱本来就不够用，显然不能浪费在修车上。只要还能开，她就心满意足了。

她收起镜子下方桌面上的信件。双肩略感不适，繁忙的一天下来她有些承受不住了。她站在原地甩了甩双臂，动了动肩颈，往后仰头时不禁疼得“啊”了一声。

她在脱外套了，他心想，她现在一定在玄关的镜子前，一边将大衣挂到衣架上一边端详着自己。她一定很累了。他打开火柴盒，抽出两根火柴，在眼眶外部两侧都撑上一根，阻止自己再眨眼睛。维贝克在心情好的时候会说，这样你就不会困了。火柴就像粗粗的木棒，把他的视野挡住了一大半。他一直在想着火车，根本无法控制自己。无论在思考什么事情，脑海中总会有一列向前行驶的火车，它时而转弯、时而鸣笛、时而高速奔驰。他或许应该为她做一下脸部按摩，揉揉额头和脸颊，这是在健身课上学的，效果似乎不错。

她将购物袋提进厨房，把信件放在桌上，开始往冰箱里堆放食物，搁板上很快便多出了几盒吃的。作为一名新晋文化顾问，她今天白天介绍了自己负责的首个文化项目，面前坐的是一位栗色眼睛、棕色头发的技术部工程师。她坚持在项目封面上采用当地艺术家创作的一幅彩色画作。她站在自己的工作计划表面前，喝了整整一杯水。演示的效果很好，最后大家都表示很高兴能与她一起工作，她的想法非常有启发性，让人看到了新的可能。在整个演示过程中，那位栗色眼睛的工程师对她微笑了好几次，在简要总结时可以看出他非常希望促成这次部门间的合作。

她拢了拢自己的头发，将它们全部捋到一侧肩头，一边抚摸一边为它们恰到好处的长度窃喜不已。

他听到楼上地板传来的脚步声，是她的鞋子。维贝克有固定的室内鞋，就是夏天穿的那种矮跟鞋。他取下了火柴，擦亮了一根，就这样看着火柴燃烧，直到燃尽熄灭。在办公室里，她总是身穿职业短裙，嘴唇上还涂着口红。回到家后，她会换上灰色运动衫，只留拉链处的一抹闪亮。她现在应该正在换衣服吧。这似乎触碰到了他内心深处的柔软。刚搬来这里时，她曾送给他一双拖鞋。就在搬家后的几天，她从办公室将拖鞋带回家，外面还裹着一层鲜花图案的包装纸。她将这份特殊的礼物抛向他，让他从空中一把接住。这是一双齐踝羊毛拖鞋，鞋底是皮质的。拖鞋上方配有金属搭扣，如果不将它扣好，走起路来就会发出“嗒嗒”的声响。

维贝克放下水杯，望向窗外。天已经黑了，路灯都亮了起来，照耀着房屋间的马路。北面，乡村小道一路通向国道。她心想，这就像是一个循环，人们可以在市中心的住宅和商店前开过，穿越整个城市，在北部的国道上转弯，再一路向南，便又回到了市中心。大部分住宅的客厅窗户都面向马路一侧。人人的生活都被市政建设搞得千篇一律。居民区背后是一片大森林。她在一张纸上写下了几个关键词：身份，纯爱，美学，信息。

她来到了客厅。沙发上铺着一条灰底白圈的羊毛毯，反面是白底灰圈图案。她将毛毯整理妥当，把扶手椅拖到窗户下方的散热器旁边，从小圆桌上拿起了一本工作用书。

书的封面凉凉的，摸上去很舒服。她用左手在封面上仔细抚摸了一会儿，才开始翻阅。接着，她把打开的书放在膝盖上，闭着双眼靠着座椅。眼前都是办公室里的一张张面孔，他们一个个从脑海中闪过，画面显得很漂亮。她默默地回顾着种种情形，模拟着自己的应对方式。

约恩站在客厅入口处，静静地看着她。他努力让自己不眨眼睛。他想问她关于明天生日的事情，明天他就九岁了。但他有些迟疑，因为她已经睡着了，一本书摆在膝盖上。他早已习惯了这样的场景。一本书，不锈钢灯罩里透出的强烈光线。她还时常会夹着一根点燃的香烟，他的目光便随着烟圈一直延伸到天花板。她的深色长发垂散在椅背上，还有几根在边缘处微微摆动。约恩，来摸摸我的头发。

他转身走进厨房，从橱柜里拿出几块饼干，把一整块塞进嘴里，想要慢慢含化而不是掰成一小片。

他回到自己的房间，跪在床上，把饼干放在窗台上一字排开。

他望着窗前的雪花，想象着需要多少片才能积成一堆。他在心里默数着雪花的数量。今天在学校里大家都在谈论雪花，晶莹剔透的雪花。它们没有两片是完全相同的。需要多少片雪花才能堆成一个雪球呢？又要多少片才会在窗户上变成一个点？

维贝克睁开眼睛。从客厅大窗户向外望去，一辆汽车的尾灯正渐渐消失在路的尽头。她在脑子里过了过自己认识的那些人，想着可能会是谁。大概是工程师吧。

她起身看了一下时间，然后走进厨房，一边烧水一边剥洋葱。水沸腾后，她将平底锅移开，浸入几根香肠，再打开冰箱把剩余的洋葱放进去。打开收音机，里面正在播放一段访谈，她并没在意内容是什么。说话人起伏的音调仿佛某种旋律。她收走放在桌上散着些面包屑的脏盘子，里面还有点剩下的牛奶。她依然穿着短裙，虽然已经旧了，但与她的腰身极为贴合。腿上精致的紧身裤袜是她奖励自己的奢侈品。大部分人都是根据天气情况搭配它的。这样厚实的紧身裤袜配一对保暖袜，在进入室内后便可脱去。她想，人生实在太短暂了，美丽要及时展现出来，即使“冻人”也没关系。

她在水龙头下冲洗盘子，用刷子将粘在底部的面包屑、饼干屑、麦片渣什么的清理干净。他总是喜欢一边听收音机一边吃饭，吃完以后也不记得将收音机关掉。所以有时她一下班回到家，在走廊里就能听见厨房传来的低低的声音，就好像里面有人一样。

广播里的访谈节目结束，响起了一首歌曲。她知道这是一支很有名的乐队演唱的，但一下子怎么也想不起来叫什么。她觉得现在很需要一本厚厚的好书，让自己可以深陷其中，不再被真实生活烦扰。我应该享受这样的感觉，毕竟工作和周遭所有的一切都令人疲惫不堪。

约恩坐在自己的房间里。他的床抵着窗户下的取暖器。每次躺下来的时候，都能明显感觉到热气从身体一侧冒出来。床头摆放了一层蓝色搁板，上面是几本杂志、一卷透明胶带、一盏小台灯和一把水枪。他按下了搁板上方收音机的按钮，拧了几下频道，音乐声传了出来。他试着从中听出不同的乐器。这是空心吉他，他听别人说起过。空心吉他。

他躺到床上，闭起眼睛。他觉得只要什么都不想，脑子里就肯定漆黑一片，仿佛一处灯光完全熄灭的大房间。

突然，她想起了乐队的名字。当然了，就是这个名字，她对自己说。那是一次考试结束后的庆祝场景：她和一个比自己年纪小一些、扎着马尾辫的男生一起在这段歌曲伴奏下跳舞；他用力扭动着自己的臀部，说实话，看上去有些粗鲁。她笑了起来。

她从抽屉里拿出一包土豆面饼，又用叉子取出几根香肠。

她弯腰朝走廊方向喊了一声约恩。找出餐垫，摆上平底锅。她本来还想点一根蜡烛，但看了看抽屉，好像忘记买了。还没来？她又喊了一声，然后下楼朝约恩的房间走去。

他正在梦里跟朋友们打篮球。天气晴好，有些炎热，他拿了很多分，很是兴奋，一路跑着回家打算跟维贝克炫耀一番。她慢慢从厨房走出来。他开始讲自己有多么威风，但她的微笑显得太过怪异，他只能转身下楼朝自己房间走去。就在楼梯角落，站着一个跟维贝克一模一样的女人。她在轻声说着什么，示意让他靠近。正当他准备走向她时，又一个女人出现在楼梯处。可能她才是维贝克。他怔在那里，纹丝不动。

站在门口的维贝克叫醒了他。灯光笼罩下，她对他说，开饭了。

约恩跟在她身后上楼，坐到厨房的餐桌旁。维贝克关掉收音机，一边吃饭一边开始翻看邮件。约恩看到那是一些家居连锁店和超市的广告宣传单，其中一张上写着“市集节日”。他问上面的具体内容是什么。维贝克大声朗读道，市集会在家附近的一片运动场上举办，向所有人开放，到时还会放置旋转木马和摩天轮。市集节日，你应该不会喜欢吧，约恩？有没有3D游戏？维贝克压根不知道那是什么东西。约恩解释说，就是宇宙飞船模型之类的，你可以坐在机器里面玩电子游戏，感觉就像是在太空里闯关执行任务。维贝克又看了一遍宣传单，上面并没有提到这些。

他看着她继续翻读信件，她咬动香肠发出的清脆声响传入耳中。

约恩也拿过一根吃了起来。一根接着一根，他的胃里堆满了香肠，就像森林里的圆木一根根聚集了起来，但似乎总有空间可以塞进更多。

一条林间小径藏匿于神秘之所，
找到它，让它指引你的方向。
穿越花草树木与重重山丘，通向古老的宫殿，
在那里有三位美丽善良的姑娘在等待着她们的王子，
但是迷人的王子始终未曾到来，
她们在轻声埋怨中继续等待。

那个地方是什么样子的？维贝克总喜欢在读到公主逃

往神秘城堡的情节时间这个问题。跟我说说吧，约恩。那时他坐在她的腿上，向她描述起金碧辉煌的宫殿：无数间空旷的客房，窗户大开，轻幔飞扬，大片烛灯照亮周遭，地毯柔软奢华。她听后总会说，约恩，你说得一点不差，我就爱这样明亮宽敞的大房子。

他看向窗外。对面房子里住的是一位老先生。他门前的小路并没有完全清理干净，因为他并不开车，所以只是用簸箕简单地铲走一些雪，露出一条小径。他坐着小雪橇去杂货店买东西。约恩总能看见他缓慢前行的身影，时不时还会停下来休息片刻。最近几天他好像一直没有出过门。肯定是因为天气实在太冷了吧。这两天他门口的路面几乎就没有清理过。杂货店的太太开着小货车来了。她没有熄火便下车一路蹚过雪面来到老先生门口，将几袋东西放在半开着的门边就转身驾车离开了。

维贝克看着自己伸向又一片土豆馅饼的手。她的手指修长，手背上的纹路清晰可见。室内的空气让皮肤很是干燥，只能靠着保湿乳液滋养。指甲和头发也在这寒冬中变得干枯起来。

市区就在不远处，但她感觉已经很久没有进过城了。小声点，约恩。大概一个多星期了吧。上周六他们去过，主要是去书店。她和约恩在无烟区吃了一份蛋糕。好像再无其他了。天啊，这是什么地方啊，一处造型前卫的甜品店。这座城市没有一间装潢考究的咖啡店，这就好像住家少了门厅。约恩，不要淘气。她暗自想着，确定已经很久没有给自己买新衣服了。一件新外套并不为过吧，毕竟搬家搞得她狼狈不堪，值得犒劳自己一下。你别再挤眉弄眼了好吗，约恩，看上去像只小老鼠。她想买一条米色短裙，跟之前在研讨会上看到一位女士穿的那条一样。

约恩看着窗边墙面上挂着的一张照片。黑色镜框里是一幅空灵的小镇风景图。小镇改建之前，这里便已经是这样一番景象。他一边欣赏着一边往嘴里塞进又一根香肠。房屋沿街一字排开，道路是极为常见的一条直线。泛黄的照片上清楚地写明了日期，彼时和当下并无二致，只是拍摄之时的景物显得新一些而已。他试着将周围的居民与照片中的房屋一一对应起来，但目前他只认识自己班级里的那些人。他久久凝望着照片，仿佛里面的人会依次走出家门，像动画片里的人物一样活跃起来。

两周前，班里的一位男同学生日收到了一个战斗机礼盒。约恩想要一列马克林火车模型。第一次买的时候，他只需要几节车厢、一条简单的铁轨，最好再加上火车头。

他的书包里放着一叠为运动协会筹款的彩票本。吃完饭他就得挨家挨户地前往照片里的房屋门口兜售彩票。

维贝克起身收拾餐桌上的杯碟。约恩跪在椅子上，用叉子撑住桌面，想要俯身去拿最后一根香肠。他讲起一个自己编的笑话，说一个人从窗户跳出去但是一直没有落到地上。她觉得这个笑话虎头蛇尾。他抓起香肠，掰成两半，递了一截给她。她笑了起来。每次吃到最后一根时，他们都是这样分享的。然后他双肘撑着一动不动，好像在等待什么似的。他在演示自己从杂志上看到的一张严刑拷打的照片，一个人被悬在离地面非常近的空中，头上罩着面罩，只露出两只眼睛，双手被捆绑在一根横杆上。由于悬挂时间太久，他的手臂似乎快要跟身体分开了，约恩详细地描述着。你就不能安安静静地走开吗，她心中暗想。去找点事情做吧，玩点小游戏。

“你能为那些受苦的人着想，这非常好。要是人人都能这样做，这个世界应该会变得美好一点。”

她伸手摸了摸他的头发。

“你在这里交到朋友了吗？”

他的头发又细又软。

“约恩，我亲爱的约恩。”

她不断抚摸着孩子，眼睛看向自己的手。指甲油涂的是淡米色，中间带有浅浅的粉色。她喜欢在工作时保持低调。新买的化妆品套盒让她很是满意，紫红色（或称酒红色）的深邃唇膏和指甲油与棕色头发、栗色眼睛的男士正好相配。想到这儿，她不禁浅笑起来。

约恩在门厅处找到了书包，从里面放午餐盒的口袋旁掏出了彩票本。他在袜子外又套上了一双厚袜，才将脚伸进灰色靴子里。外套、蓝色围巾、帽子，穿戴妥当后照了照镜子。他想要改掉照镜子的毛病，但做不到。接着，他开始在大衣口袋里翻找零钱。几张单据和公交车票之外，果然还有一点钱。于是，他站在门厅处大声通知自己要出门去了。

打开大门，深吸一口，鼻尖便直接感受到了严寒。

约恩来到维贝克的车旁。他停下来将彩票本夹在膝盖中间，开始堆积后备厢盖子上的雪花，把它们垒起来。雪太干了，做不成雪球。于是他用手套拍打起来，发出阵阵刺耳的声响。在这样的大冷天里，什么声音都会变得很轻很轻。一切都显得悄无声息。他自己仿佛也只是一只气泡，随时可能升到空中，消失得无影无踪。

他拿起彩票本，穿过马路，走到了清扫出来的小径上。脚下一直发出轻响。老先生家的大门上有一块挡雨板，下面堆放着一些木头。雪花星星点点地落在这些木材上。屋外的灯没有打开。约恩摸黑按响了门铃，但听不见里面有任何动静。怎么会那么安静，他有些奇怪。突然，一位老人打开了房门，由于始料未及，约恩着实吓了一跳。

他拿出彩票本问道：“您可以买一些彩票吗？这是为运动协会筹款用的。”

老先生看了看他，又看了看他身后的路面。他的眼睛迅速转着。对面已经很久没出现汽车了。天气那么冷，不会是来四处闲逛的人。他示意约恩进屋，关掉大门，打开里面的另一扇门。约恩跺脚将身上的雪花抖落，然后跟他走了进去。

进屋便是客厅，角落处有一个小厨房。桌面上放着一台小型电视机，里面正在播放一部黑白电影，但完全处于静音状态。老先生缓缓走向火炉，弯下一只膝盖，朝炉灶里添加了一根木头。他看起来关节已经相当僵硬了，紧裹在毛衣里的手伸出去关掉炉灶的活板门，只留出一道小缝。他转身微笑着对约恩说：

“一会儿就会暖和起来了。像我这样的老东西能有人来拜访，一定得好好招待。”

窗边的一把摇椅还在微微晃动。门铃响的时候他肯定坐在那里，约恩心想，也许他看到我来了。

“运动协会，让我来看一眼。”

他将脚伸到桌下，打开抽屉，问约恩有多少张彩票、每张多少钱。约恩一一作答。老先生从抽屉里拿出钱包，表示可以全部买下来。他在彩票本上逐页签字，勾填选项。这需要些时间，于是约恩开始打量起房间来。

在摇椅后方的墙面上挂着三幅老照片，里面的人脸已经模糊不清，似乎随时就会彻底消失。角落处放着一根鱼竿，大概是飞蝇钓用的。去年维贝克的一位男友就曾经想要教约恩飞蝇钓。当时那人对他说，这是男人之间的活动，并拿出地图给他指了指目的地。那是一条有着多处凹洞的河流。他说在那里可以钓到很大很大的鱼。那人当时满脸微笑地看着维贝克。但是后来，他便消失了。约恩并没有听到他们有过什么争吵。老先生转身将彩票和钱递给约恩。

“你是新搬来这里的？”

“是的，我们搬来这里刚四个月零三天。”

约恩兴高采烈地把钱和彩票本放回书包。

“可你已经开始在卖彩票了。运动协会真是会吸引人啊。”

约恩解释说他刚刚注册了滑冰项目。

老先生的头发已经全白了，又长又细，纠缠在一起。

约恩觉得他满脸红晕，像是刚刚睡醒的样子。

“你想要跟我一起来看点东西吗？”

“什么东西？”约恩问道。

他试着不要胡乱眨眼睛。

“你马上就知道了。我都快忘记这段故事了，几乎要完全不记得了。”

老先生走到一扇门前，打开房门，扳动开关。灯光直接照在一面墙上。约恩发现墙边是一条通往地下室的楼梯。

维贝克走进浴室，看着镜子里的自己。从表情上看，她度过了不错的一天，满足、忙碌、平稳。右边鼻翼处闪烁着点点晶莹，她看了一眼：我的小小幸运星。她拿过梳子，身体前倾，长长的头发几乎垂到地面。精心梳理发丝打结处后，她开始从头皮处用力梳到发梢。接着，她将头往后仰，发丝如同云朵般萦绕在面颊四周。她看向镜中，一缕缕秀发在前额处散开。我可以去一趟图书馆，她想着。通常她只会在周六去图书馆，今天才周三，但小说已经都读完了。她决定先洗个澡，把头发也好好清洗一下。

约恩跟着老先生走了下去。楼梯很陡，老先生一步步小心翼翼地走着，一根粗粗的绳子便是他们的扶手。到了地下室，他们沿一条走廊前进。地面上铺着人造草垫。这里的气味浓重而怪异，约恩觉得这是土壤的味道。老先生在最里面的一扇门边停了下来。他将手放在门把上，转身看向约恩。

她一边往浴缸里放水一边脱衣服。沐浴露用完了。她从墙面架子上拿过一团棉球，用丙酮将指甲油清洗干净。水快到浴缸边缘时，她关掉水龙头。缓慢浸入浴缸，水漫了出来，她感到鸡皮疙瘩开始泛起，乳头也受到刺激，一阵快感袭来。接着，她坐起身来，心想能够置身热水之中真是上帝纯粹的恩宠。一点不错，真是恩宠。她一动不动，尽情感受着每分每秒。

“这是一个好笑的故事。”老先生说道。

一面墙边摆放着折叠床，其他空间都被从地面直达天花板的物品架填满，架子上堆放了许多老式木椅，里面充满了灰尘和发霉的味道。约恩想象着，或许他收藏有一套老式电动火车模型，就是欧洲最老的那一款。突然，他想要尿尿了。老先生走向物品架，抽出一只箱子，伸手进去摸索起来。门边的挂钩上吊着一根牵狗绳和一条金属链子。

“你来看看这个。”老先生对约恩说。

他拿出了一双栗色溜冰鞋。

“手工缝制的，是我父亲给我的。”

他将溜冰鞋伸过去给约恩摸。约恩上前用手指摸了摸硬硬的皮革。溜冰鞋在晃动，因为老先生的手抖个不停。

“这是很早以前的东西了。在铁皮上手工缝制的溜冰鞋，当时镇上没有一个人拥有这样一双鞋。我赢得了卡洛特洛佩特滑冰赛冠军，一起比赛的小伙子从罗瓦涅米、乌茨约基、奈登，甚至遥远的俄罗斯赶来。我们在斯托瓦内特湖上比拼，赛程是一千米。那是斯大林和希特勒之前的时代，一切还风平浪静。我们就在黑色的冰面上，趁雪花还没落下来之前，在一望无际的冰面上比赛。”

维贝克抹上洗发水，像理发师一样将头发盘旋按摩。她紧闭双眼，排除一切外部杂念，静静聆听内心的声音。她想起了一次梦境：有位男士对她说“你真美”。他们在铺着地毯的楼梯脚下，面前是镶着镀金外框的镜面，盥洗室的大门是深红色的。他们正在参加楼上举办的晚会，那里人声鼎沸、灯火辉煌，音乐声响彻房间。但在楼下，这里一片寂静。男士从盥洗室走出来，看到她，便对她说："你真美。"这让她兴奋不已。她上前去拥抱他，给了他脸颊上甜蜜的一吻。接着，只见他换好衣服推门而出，身上是深色西服和白色衬衫。他没穿大衣，肩上披着一款精致的羊毛围巾。她看着镜中的自己，笑了起来。太好了，这是个好的开始。梦境中剩下的情节不值一提。晚会戛然而止，灯光熄灭，楼梯消失。她发现自己只身处在公共厕所内，里面到处是尿渍，衣着单薄的她感到一阵寒意。她从男士推开的那扇门走了出来。眼前是一条结了薄冰的柏油路面，不远处亮着路灯。周遭空无一人，她走向墙面的一扇门，想象着这里将通往某条马路。

算了，算了，至少开头是好的。去参加晚会应该是件有趣的事。她可以在自己家里搞一场派对，请办公室的同事们都来参加。大家彼此破冰，建立起良好的关系网。她想象着将客厅布置上许许多多的蜡烛和花束。宾客们神采飞扬、笑声不断，就在属于她的客厅里。她会制作精美无比的邀请函，里面要写上美妙的诗句。

她用淋浴冲洗头发和身体。关掉花洒时，下水道处泛起阵阵水泡。她打开浴帘，望着镜中自己在水蒸气里模模糊糊的身体。应该给宾客们喝点什么呢？家里的杯子也不够用，她只能周六去市区买。她看到过杯脚和杯身呈现多种色彩的酒杯，但这样可能会太夸张。她决定买一些简约、愉悦而又充满设计感的杯子。

约恩穿过马路，回到家中。进门后，他紧紧拉了拉把手，确保门已经锁好。门槛处已经覆上了一层薄冰。他摘掉手套，放进角落的白色篮子里。穿着外套直接来到卧室，他放下了背包，里面是彩票本和老先生给的钱。在约恩离开他家的时候，老先生慷慨地切下悬挂在门口挂钩上的一片干肉相送。约恩将这块肉放进了自己的写字台。

他看了看房间四周，墙壁上贴着银河和星球的海报，蓝绿相间的线条十分夺目。彩票都卖光了，他感到无比轻松，之前本来以为自己会一无所获地带着彩票本回来。接下来该做点什么呢。他试着不使劲眨眼，但始终做不到。他将绿色水枪放进衣服后方的口袋里，然后上楼去了。在走道里的镜子前，他练习着以最快速度掏出水枪。室内还穿着外套是很热的，他已经出汗了，但就是不想脱下来。他想象着自己眨眼睛的样子到底像什么，但显然不得而知，除非有人把那样的瞬间拍下来给他看。维贝克赤身裸体地走出浴室，头上裹着毛巾。他看着她，然后试着将视线移开。“啊，你在家啊，约恩，”她说，“我以为你出去了。”她继续朝客厅走去，他听到她在放CD：先按下暂停键，再按播放键。每天早上出门上班之前，她听的都是这首歌。她在客厅大声问道：“约恩，你看到我的身体乳了吗？”仿佛他在多么遥远的地方似的。

约恩面朝镜子瞄准。他双手紧紧握着水枪，扣动扳机时肘部贴住身体。到处布满枪眼儿的人体会是什么样子的？他联想到了裹满糖粉的软糖和淡栗色奶油搭配的巧克力蛋糕（不像他上次生日时那种深色的）。他从镜子里看到了背后的维贝克。她光着身子从厨房里拿出一瓶身体乳，微笑着举起手朝他挥了挥，示意自己已经找到了。她回到客厅，将音量调大。每天早上洗完澡后，她都会这样一边在面包上涂抹果酱一边听音乐。她并没有晚上洗澡的习惯。他想，或许她打算提前为他的生日做准备吧。呆呆地站了一会儿，他突然感觉一阵冷风袭来。他来到门前。他们应该像这里的其他人家一样，用材料进行隔温处理，再用塑料围一圈。他把水枪插回口袋，戴上了帽子。维贝克在准备食物的时候需要安静。如果她在他不在的时候做好蛋糕，那就能变成一份惊喜啦。于是他走了出去。来到路中间时，他很后悔没有戴手套，但又不想再回去一趟了。

维贝克喊了一声约恩。她找不到昨天的报纸了，办公室里的人都说上面有一篇特别棒的文章。她右手夹着香烟，等着约恩应声。但他没有回答，刚刚明明才看见他。她打开沙发上方的小灯，查看报纸有没有掉到沙发背后。他可能在自己房间里忙活着什么吧，她心想。她拿起自己的手包来到浴室，在水槽里掐灭了香烟。穿上胸罩后，她坐到马桶盖上，从包里拿出一瓶全新的指甲油涂了起来。看着小刷子上那深深的红色，她想用嘴唇试试它的触感。柔软而冰凉。每个脚趾都涂好后，她伸长双腿仔细欣赏。

约恩朝着镇中心走去。路灯的光线在地面上投出一道道圆圈，他就在这环环相扣间游走着。旋转木马与音乐的声音从远处隐隐飘来，应该是市集节日开场了吧。他加快了脚步。他在疗养院附近的一处空地上停下来，扯下扫把上的一截木条，在雪地里写下了自己的名字：约恩。接着，他又抹去了，不想在雪里留下痕迹。他用力将木条扔向森林，然后一边为双手哈气取暖一边继续往前走。

转过一个弯，他看见远处有两个正在滑冰的女孩。她们飘逸的长发在滑行过程中不断跃动着。那是专门的女士冰鞋，可以旋转的。这让他想起了自己的冰鞋，有着长而闪亮的刀片。他走近一些，两个女孩依旧没有停下来。他发现她们在练习几个同步的动作。她们厚厚的雪地裤装外还穿着短裙，努力尝试做出电视里那样的美妙滑冰姿势。马路上一片白茫茫。这里并不像城里那样，每团雪堆边缘还有些许棕色，因为鲜少有汽车经过。他背靠一根电线杆，静静地看着两个女孩。他努力不去挤眉弄眼，并将双手插进裤袋里取暖。裤子很紧，他的手也紧紧地贴着身体。他感觉自己现在像是某部电影里的牛仔：背靠一家酒吧门口的墙壁，嘴里叼着香烟的他半闭着眼睛，透过渐渐消散的烟雾看出去。其中一个女孩向他走来。她稳稳地站在冰刀上，停在他面前，问他愿不愿意一起来玩“踢罐子”[1]的游戏。她的脸有些冻僵了，发音都含糊不清。他们笑了起来。

维贝克对着手指吹了吹，上下晃动了几下。现在大概几点了？今天是周三，电视上有没有什么好看的节目？她已经想不起来了。她细心地披上浴袍，来到客厅，用手指

1 一种儿童游戏，由“躲猫猫”演变而来，玩家需要成功敲击到罐子才能释放俘虏。

内侧按开了电视。不用说，节目已经开始了。英国肥皂剧，办公室有同事提起过。应该还不错吧，这毕竟是优美高贵的英式英语，而不是粗俗随便的美式口音。

她半躺在沙发上，头下枕着一只靠垫。浴袍的海绵腰带散发着隐隐清香，从她的大腿内侧飘来。不用转头，她伸出左手便够到了桌上的香烟盒。

“天气太冷了，”另一个女孩说，“而且三个人也不够。”

她的冰鞋上罩着保暖鞋套。约恩想，这些鞋套白白净净的，看上去又柔软又暖和。他在两个女孩的包围下挺起腰杆。她们都穿着冰鞋，都比他高。

“你有冰鞋吗？”第一个走向他的那位女孩问道。

“有啊，”约恩回答，“我是‘A.S.发现’滑冰队的队员，但目前的水平还不是很好，训练得还不够。”

他聊起了老先生的冰鞋。她们都没听过卡洛特洛佩特滑冰赛。他感觉自己又在拼命眨眼了。

他们退到路边避让一辆小轿车。排气管里溢出的气味一直盘旋在地面上。

第二个女孩说，她的哥哥是镇上最好的滑冰运动员，他今年十二岁。第一个女孩笑着打趣说，他们全家什么都好。约恩将双手放到嘴边，不停哈气。

“我把手套借给你吧。”

她指了指最近的那栋房屋。

“我进去再拿一副就是了。”

她把自己的红手套递给了约恩。他伸了进去，稍微感觉有点小。他感觉这副手套应该是全新的，因为里面的材质还很柔软，没有起球。第二个女孩说要回家去了。她从口袋里掏出帽子戴上。手套碰到耳朵时，约恩觉得她看上去像一只兔子。

他们朝第一个女孩家门前的小路走去。转身一看，第二个女孩已经快走到马路另一头了。他发现她并没有滑行，而是像穿着普通鞋子那样抬脚走着。

她让他在门口等着，自己进去问问家人能不能带其他人进门。在门口绿色地垫的中央有一摊水，那是冬靴踩在上面形成的。跟我家里一模一样，约恩想。他习惯在门槛上将靴子刮干净，但无论怎么刮，总会留下水渍。

玄关处的墙面是灰色的，通往走廊的门上镶着条纹玻璃。他听到了管道鸣响的声音，接着便有人关掉了水龙头。约恩闻到一阵气味，但不知道是什么。脚步声从房内响起。透过玻璃，他看到了女孩不规则的轮廓：她穿着红色毛衣向他走来。

房屋里弥漫着木炭的气味，很干。他们走上楼梯。楼上的走廊两边有好几扇门。她打开其中一扇，按亮顶灯，请约恩先进去。她应该是跟其他人同住在这间卧室，约恩观察到里面有两张床。窗户正对着门口，向外望去便是房屋背后的森林。他来到窗边，面前是印着图案的窗帘。他看着窗外，房屋灯光照亮了森林的一处小角落。他觉得白色雪地上的暗色树干像是白纸上画下的根根线条。树干的阴影越来越密，直至一片漆黑。她问他为什么老是使劲眨眼睛。约恩回答不出来。他转身告诉她，自己也在努力克服，但就是做不到。女孩尝试了几次紧闭双眼。这样很累啊，她说。我是不知不觉这么做的，约恩说。我的姑姑有一只玻璃假眼，女孩说道，那是她小时候老是喜欢盯着锁孔看，然后有一天我爸爸从锁孔另一头伸进了一把螺丝刀，一切就结束了。我们玩一局“奥赛罗”棋吧？还没等他答应，她就从床底拿出了棋盘。他们在地上铺好棋盘，把黑白棋子都摆出来。

一集结束了，片尾字幕出现在屏幕上。她站起身来准备出门，再迟图书馆就要关门了。那双棕色眼睛似乎时刻跟着她，仿佛盯着光线看太久以后眼前出现的斑点。她暗自想着，跟一个工程师在一起生活会是什么样子？工程师们感兴趣的是什么？她来到卧室，换上一身看似随意的便装，不能显露出刻意打扮的痕迹。万一他真的在图书馆，那也没什么大不了。他会出现在哪片区域呢？自然科学、侦探悬疑小说、游记、传记还是诗歌呢？她走进浴室去吹干头发，从发根到发梢。然后将头发甩到脑后，看向镜子里的自己。成功还是失败？任何结果都可以接受。她一边笑着一边在化妆盒里翻找着粉底。她试着去想象他是否喜欢自己。她转身走回房间，抱起一堆准备归还的书。

她来到门口，扣紧外套，在镜子里再次打量了一番。

她弯腰朝走廊里喊了一声约恩，又一次朝镜子看了看。她几乎没有化妆。约恩没有回答。她一边看手表一边又喊了一声。离图书馆关门还有半小时。约恩得自己先睡了，她没空跟他说晚安了。她担心自己的睫毛看起来太白了，左右转头看了看自己的发型，发丝轻盈地抚过脸颊。她吹头发用的时间有些长，现在头皮上还保留着一丝热度。从茶几上拿起钥匙和那堆书，她再次朝着镜子里的自己微笑，然后开门走了出去。

市民文化馆前停了好几排私家车。外面太冷了，人们都坐在车里，开着引擎，摇下窗户跟邻车聊天。维贝克对他们的八卦不感兴趣。她伸手去拧门把，发现被冻住了。市集一定很热闹、很吸引人，图书馆这里却一片寂静。来这里的人应该好好享受这份恬静才对。那么舒服的氛围，绿植环绕，墙壁上贴的海报也总是极具品位。她下楼来到图书馆位于地下室的正门口。有人吹了声口哨，但她没有回头。

玻璃门里一片漆黑，门后贴着图书馆的开放时间。维贝克这才发现自己记错了。只有周二和周四才会开到晚上，周三是下午三点关门。我忘了，这是个小地方。她把书塞进还书箱，看着它们一本本掉落，在地上堆积起来，心里还是有些伤感的。这有点像抛弃跟自己曾经很亲近的人。

她背靠着门，点燃了一根香烟，突然不知道已经洗完澡的自己眼下应该做点什么了。目光跟随着一辆在广场上侧滑的车，只见它在雪地里打转。接着抬头看向五颜六色的灯，它们就在“市集节日”入口处摆出了皇冠的形状。斑斓的色彩在夜空中显得干净而跳跃，仿佛天然的指示牌，告诉人们这里禁止车辆驶入。这就是我们这个年代的狂欢节吧。我也去转一转好了。搞不好那里会有什么未卜先知的人呢。

“明天是我的生日。”约恩说。

“你要满十八岁了吧。”女孩笑着说。

约恩明显占了上风，棋盘上几乎都是他的黑子。女孩放弃了，觉得自己真是个蠢货。

维贝克走进了“市集节日”的大门口，里面挤挤挨挨，人们一路走走停停。她停下脚步往周围看了看。市集呈环状布置，外围是小木棚和游艺设施，中心处是旋转木马。循环播放的电子音乐伴奏下，上座率约为半数的木马匀速转动着，不时传来小女孩们幸福的尖叫声。

小木棚便是一个个小摊位，一道长隔板对外开放。一处摊位前站着一位留着白色长发的女人。头发的长度几乎与她的身高持平了。维贝克想，那应该是假发吧。女人手里拿着一枚黄色塑料印章和一些乐透券。她戴着白色仿皮边长手套，大衣是白色的，长筒靴也是白色的。从面前经过时，她朝维贝克直直地望去。她的妆太浓了，维贝克心想，她应该化得更精致些。

小女孩在门背后挂着的塑料袋里翻找起来。她取出一盘磁带，放进播放器里。

“这张非常非常好听，我常常听着它放松心情。”

她调整了一下播放器的位置，好让声音完全充满房间。他坐在一张床上，她坐在另一张上看着他。然后她躺到床单上，侧身面向他。从她的眼里可以看出，她完全沉浸在音乐中。他们互相看着对方。他的肚子里有了异样的感觉。那列火车就这样全速开来，而他在铁道中间。列车直直地向他冲来，很快就会将他掀翻。车头足足有五层楼那么高。不过最终列车并没有撞倒他，而是将他托起，带上他一起远行。他坐进一个小包间，被温柔地带向远方。风吹得他睁不开眼睛，但无所谓了，反正身后有列车保护。这就仿佛虽然面前是凶猛的野兽，但被坚固的笼子隔开了。

音乐里伴有一些印度或是中国风情的和声。他靠着墙壁，闭上了双眼。他坐上了一列在中国穿行的列车，铁轨从长城之巅掠过，一路高高低低、蜿蜒起伏。眼前是白雪皑皑的山脉与浩浩汤汤的河流。他感觉很累，于是睁开眼睛。

她好像睡着了。他觉得她看起来很有东方人的味道。似乎是从眼睛里看出来的，还有唇上紧致的轮廓和略显宽大的嘴巴。她的双颊仿佛在薄薄的双唇处凹陷下去，只剩下嘴部微启的缝隙。

维贝克来到一处摇奖摊位前。投下一枚硬币就可以在几秒钟后摇动抽奖把手，看看能从奖品池中掉出什么好东西。奖品丰富多彩，有笔帽处带手电灯的五彩钢笔、带小镜面的金色复古弹壳装口红、各式腕表和装有丝巾或领带的塑料礼盒。在金色玻璃纸与小彩灯的映照之下，奖品从不同角度散发着光芒，看上去灵动而雀跃。五颜六色的玻璃弹珠也摆放在彩纸上，远远看去好像宝石一样，维贝克在心里笑出了声。她投下了硬币，想要摇到一支口红。但口红在高处被卡住了，她只摇到了五颗弹珠放进口袋里。

约恩想起自己在电视里看到的一些生日派对。全家人一大清早便进入寿星的房间，手里托着插好蜡烛的生日蛋糕和大份大份的礼物。亲人们互相拥抱致意。但那是在美国。礼盒里到底装的是什么也不得而知。他想到了在商店里看见的火车头，红灰相间，制动杆是钢铁材质。那真是太炫酷的一列火车了。漂亮的车厢里，一道道隔间都配有小门，旅客推门便可走进内部入座。约恩是身穿制服的售票员，他一边向乘客打招呼一边售卖车票。接着，他又摇身成了司机，驾驶着列车穿过隧道、越过山丘、跨过红棕色高原、掠过河流潺潺的绿色峡谷。维贝克站在月台上。他停下来让她上车。他高鸣汽笛，人人都能听见这声响。她坐在前方的司机位，跟他在一起。点燃一根香烟，她看向车外的灯光与风景。约恩通过对讲机要来了茶水。

“你的头发真美。”

她抬眼看去，眼前是一位身穿深蓝色连裤装的男士。这身厚套装是“市集节日”工作人员的服饰，她刚刚已经看到好几个人穿成这样了。他问她要不要抽烟。他的头发是浓密的金色鬈发，脸上的笑意并不明显。他看起来还是面善的，她心想，肯定是个心地简单的家伙。为什么不呢。她冲他笑了笑，说，好啊，来一根吧。他俯身趴在柜台上，细长的手递过去一包烟。里面是满满的，或许他根本就不抽烟吧。她拿出一根香烟，他也放了一根在唇间。他将烟放回套装左胸口袋里，然后从另一只口袋掏出打火机，凑到脸前点烟。她注意到他将指甲剪得紧贴皮肤。他的目光定格在她鼻翼的水晶配饰上，她想知道他觉得好看吗。接着，他笑了，大大的眼睛里同时呈现着悲喜。

“你摇到什么奖了吗？”他一边给她点火一边问道。

维贝克掏出玻璃弹珠给他看。掌心里的每颗珠子都闪耀着令人目眩的色彩。

“我最喜欢的弹珠之前弄丢了，”他说，“在学校大门前的铁栅栏下面。当时应该是小学。它就一直卡在那里了，我每次课间都会去看看，它就这样在那里一动不动。我不敢去找门卫帮忙。当时真是急死了。”

她看着他，他望向市集场地。摇奖摊位处不时传来欢快的喊叫声。一帮装扮成超人的小伙子依次鱼贯而出，像是朝着某个目标进发，又像是在向青春告别。看着眼前的景象，他们都笑了起来。

“这里太冷了。”他深吸了一口烟。

“是的，太冷了。”

她想要多说点什么，但又不知从何说起。他们应该有很多可以聊，可是她对他生出了一丝同情。这便是他的生活，随着“市集节日”的队伍四处游走。她把弹珠放回口袋，用手指来回拨弄着。天气实在太冷，她得不时跺跺脚，免得冻僵了。男人最后深吸一口，将烟蒂扔到地上，再用靴子把它踩进雪里。

“我得回去工作了。”他用头指了指场地另一头的旋转木马。

“你还会呆一会儿吗？”

他俯身望着她，目光炯炯，再次笑了起来。

“可能还会呆一阵。”她答道。

她目送他前往旋转木马所在的小木棚。那里排着长队，几个小女孩在里面推搡着。他从后门走了进去，只见他从里面伸出头来，由小窗口处收费。队伍往前移动起来。木马启动了。他趴在窗口望向她，朝她做了个鬼脸，像极了关在笼子里的猴子。她看见他笑了。

这场市集并不算大，也不够吸引人。或许冬天都是这个样子吧，夏天应该就会好起来的。场地里有一处小型竞技场，里面摆满各式色彩鲜艳的摩托车和小轿车。但很少有人在这里驻足，因为车辆开得太慢了。她低头看了看自己的双脚。靴子还算新，贴身的尼龙袜在严寒中紧紧包裹着大腿。

毛绒小熊填满摊位，一直堆到了小木棚顶端。最上方是巨大的长毛狗熊，有粉的、绿的和灰的。背后的墙面上贴着钱币图案的壁纸。那个全身雪白的女人站在摊位边的小台阶上，直直地盯着广场。接着，她朝维贝克的方向走去，下了一小段阶梯。维贝克想着，她应该会直接走开吧，她已经向自己展示过黄色塑料印章了。她在维贝克身边五十厘米处停了下来。她们中间只隔着那枚印章了。维贝克看到她的脸上涂满白色粉底，嘴唇处也不例外。她抽出一叠彩票，把钱付给了女人。每张彩票上有三处兑奖框，每处打开都是一张扑克牌的图片。如果三张图片完全一致，就是大奖；其他固定组合还有一些小奖。她脱掉右手的手套，开始用大拇指指甲刮开兑奖框。指甲是深红色的，还闪着亮光，她都不记得自己涂过了。什么奖都没中。市集摊位深处还设有野营挂车，应该是工作人员住的地方吧。多么可怕的住所啊。就在车队后方，一辆沿国道向南行驶的车辆照亮了森林上方的夜空。

“呃，您……”一个低低的声音在身后响起。

维贝克转身一看，还是刚才那个一身白装的女人。她再次将印章和彩票递了过来，有些哀求的样子。维贝克又买了一叠。

人群从圆形广场处四散开去。一些人钻进一座红白间条的六边形帐篷，里面有露天火盆可以取暖。入口处竖着标牌，这里将有节目上演。维贝克脱下右手的手套捏在掌心。小木棚顶上的扩音器不时发出音乐声，但此时此刻是寂静的。她也不知道音乐到底停了多久。大概几分钟吧，她也想不起来了，可能只有几秒钟，只是两段乐曲间的停顿。脚踩在雪地里的声响清晰可闻。音乐又响了起来，扩音器似乎不完全同步，也可能只是录音带太旧了吧。她的双脚跟着音乐打节奏，想要舞动起来。她又拿出一支烟点燃了。

他从旋转木马那里走了出来。她心想，时间过得比想象的还要快。他腋下夹着什么东西朝她走过来。在无数木马中间，他显得很矮小。

她自言自语起来：维贝克，你冷静点，无论如何也不能接受一个街头艺人。

“你玩得还好吧？”他走到她跟前问道。

接着又说：

“我今晚的工作完成了。”

他一边低声说着，一边直直地看着她。这一刻时间仿佛被拉长了，变得无比宏大而深邃，令她始料未及。她盯着他深陷在雪地里的靴子，再抬眼看向那身深蓝色的连裤装，大大的黄色圆圈套在腿上，最后她望向他的眼睛。那是一双充满力量和浓烈情感的眼睛。

“你想要一起喝杯咖啡吗?”他问道，脸上又露出了笑意。

她的确感觉非常非常冷，尤其是脚。脑海中，思绪就像幻灯片一样连续播个不停。一个“市集节日”上工作的男人。但那又怎样呢，只是一杯咖啡而已。她微笑着答应了。

他们经过一处杂耍表演台，朝着场地边缘的野营车队走去。野营车看上去像个大箱子，材质应该是铝或者钢吧。她也不大确定，之前从来没见过这种东西。

马路上已经没有了车辆经过的声响。现在应该很晚了吧。他走在她前面，她注意到他走路时背是挺得笔直的。这一点她很喜欢，这代表他是一个自尊自爱的人，且很有自知之明。

他停下脚步，从右边裤袋里掏出一包口香糖，转身递给她。她摇了摇头。他把口香糖外壳放到雪地上，再去剥那层纸。他微笑着看着她。大概是太硬了吧，口香糖还没放进嘴里便折成了两截。他笑了，维贝克也笑了。他拉过她的手，紧握着看向她。

“嗨！”他低声说。接着他弯腰捡起地上的口香糖外壳，继续往前走。维贝克抬眼看着星空。

野营车近看似乎大了许多。每辆车的门前都有一个小阶梯或是矮凳。车辆之间的积雪已经很厚了，仿佛长年堆砌而成的。大部分车顶上都安装了天线，还有一处装的是卫星线路。车里放着电视机，帘布后面闪烁着蓝光，阴影中只见一个人站起身来。

他帮她扶着门。她踏上小阶梯，一只手扶着门框。找了张折叠椅坐下后，她开始脱靴子。她抬头看他。他正站在那里一边看张贴出来的小广告，一边脱下连裤装。车内的热度让她深切感受到腿部和颈部此前有多么冰冷。

她起身往车前方走去，坐在他示意的地方。这里是客厅位置，摆着一张灰色桌子和一排带绿色斑点的马蹄铁长凳。拉起的帘布上印着色彩斑斓的鹦鹉丛林图案。

“这里面真是宽敞啊，”维贝克说道，“真像一个小家。我已经记不起自己上次坐进野营车是什么时候了。这里什么都不缺，又简单又实用。”

她看了看桌面上方的天花板。上面贴着一张海报，是一幅太阳嵌于蓝绿色天空的场景：橙色的太阳在画面正中央形成了一片圆盘。

他来到厨房区，在橱柜里翻来翻去。灯光反射在他的脸庞上，阴影一直延伸到眼部。

“这种开放式厨房真是太棒了，大家可以一边做饭一边聊天。”她说道。

"好像没有咖啡粉了。"他灌着热水壶说道。

她说速溶咖啡也没问题。只要再稍微调整一下，这里会变得非常舒适的，她想象着：可以搭配一些颜色适宜的坐垫套，用素朴简约的帘布取代这些花枝招展的图案，让灯光可以柔和地穿透进来，再把天花板上这张恐怖的海报拿掉。

窗边悬着的搁板上放着些书籍。她凑近去看书名。都是些她没听过的作者写的小说，都是男作家的作品。

她看着他。突然，他脸上的轮廓显得更为清晰，线条也更加分明。这就是反射的作用吧，她心想，看起来有种古典的感觉。他让她的思绪彻底放飞，脑中出现了很多画面：他们在一望无际的海滩上，由于是冬天，只有他们两人；她沿着海边小跑起来，他静静地看着她；他看起来是那么睿智而热情。

他插上吧台上方的插头，扳开开关，又从橱柜里取出两只马克杯，放到台子上时发出清脆的声响。

她还沉醉在他英俊的魅力里。

约恩梦见自己跟维贝克一起走路回家。他们走进以前住的那栋楼大大的后院。不久前刚下过雪，白茫茫的地面照亮了这片院落。他们朝最里面的大门走去。维贝克走在前面，一举一动跟往常没有区别，似乎对周遭死一般的寂静毫无察觉。门廊处的信箱盖子半开着。整栋楼仿佛一片废墟，没有人居住，自然也没有信件寄来。维贝克打开破败的盖子，像什么事都没发生过一样。整排信箱盖都摇摇欲坠，发出刺耳的刮擦声。一切都显得很缓慢。他听到有人下楼的声音。他原本以为楼里肯定没人的，现在却听到了声响。他们站在原地一动不动地看着来人。是楼上的邻居，他说士兵现在就在他们那层楼，在他对面的那套公寓里。他悄声跟他们说着话，说完又不动声色地上楼去了。他们静静地往上走，姿态自然、步履缓慢而安静。来到家门前，他们发现门是打开的。走进去一看，眼前黑乎乎的，厨房里坐着一个穿制服的人正在吃东西。那是他的爸爸。灯光从桌面正上方洒下，直直地照在男人身上。邻居们或坐或站地围在四周。男人正在吃厚奶酪、火腿片、黄油和白面包。他将厚奶酪切成一片片的，这是他们所有的营养来源。他们吃奶酪的时候都很省，每次只吃一点点。他将好几片火腿放到奶酪上。他们就这样看着他吃得满嘴都是，还在痛哭流涕地讲着自己悲惨的人生故事。

醒来的时候，约恩感觉嘴里干极了。房间的灯还开着。他坐了起来。女孩躺在另一张床上，他想她应该也睡着了吧。他朝她的床靠近了一点，站在床边看着她。她将床单盖在身上，右手托着下巴。他伸手去碰她：她的手，她光滑而火热的脸。她的头发跟他颜色很相近，正随着呼吸在额前摆动。一声“滴答”传进耳里，他四处看了看。卡带已经放完了，播放器的PLAY键弹了起来。他伸出手指去关掉机器。房间墙面是淡橘色的。床上方的墙上贴着海报：参天大树包围之下，一条小径通向森林深处。床头位置挂着一支小十字架。窗帘边的一颗钉子上悬有几件首饰，其中一根链子上坠着一枚小巧的灰色心形石。床沿上贴着许多贴纸。两张床之间的搁板上放着漫画杂志。约恩凑过去看封面，发现都没有读过。他坐在地上翻阅起来，等着女孩醒过来。

维贝克双手握住马克杯，好像要给它们加热一样。杯子里还是空的。他正在冲凉。她还不知道他叫什么呢。我要记得问问他，维贝克心想。他看上去像是外国人，面庞有些与众不同。特别是他的鼻子，他可能是犹太人，但听不出什么口音。

热水壶停了，她起身去泡咖啡。吧台上有一只玻璃杯里装着几把勺子，她抽出一把来搅拌。接触到冰冷的勺子，她才意识到这辆野营车整理得相当干净。吧台上方的橱柜前钉着一张照片。照片里，一小群人挤站在一张桌子后面。人人脸上都有小胡子，像是木炭棒画上去的。

“这是我的家人。”他在背后说道。

他将窗帘稍稍拉开，用毛巾擦着头。

“这是去年圣诞节的时候。我妹妹很喜欢用自动拍照功能给全家人照相。冲洗出来后，她会挨个寄给我们。她说这样才有一家人的感觉。”

维贝克这才从照片里找到他。他站在靠左的位置，挨着一个上了点年纪的大胡子男人。照片上的他头发更短些，看上去更年轻些。她在想，他妹妹怎么寄照片过来呢，他不是跟着“市集节日”队伍四处游走的吗。他们一定是有固定路线的，有确定的时间和地点。但如果在某个地方吸引到很多人，大家蜂拥而至的话，他们应该会多呆一段时间吧，这样整个安排就会打乱。

“我泡的咖啡比较浓。”她坐回桌边说道。

“我喜欢浓的。”他梳着湿漉漉的头发看着她。

他坐到桌子另一边的沙发上，弯腰去够咖啡杯，鼻子都快陷进去了。他笑了起来，一头栽进墙边的靠垫里，一刻不停地看着她，似乎总也看不够。多么美妙啊，她感叹，就这样在一起真好。直觉告诉她，好像早就认识他，早就知道他的所思所想、所去所往。

“只是单纯地旅行，从一个地方到另一个地方，认识不同的人，也不用带太多琐碎的东西。这该有多么自由啊。”她说道。

“是的，但一路上也不都是迷人的玫瑰。”

他的声音很温暖。她又一次感受到了他的目光，那力量太强大，仿佛要将她托到云端翱翔。

“玫瑰可不是人们想象的那样毫无抵抗力。”维贝克说。

她几乎是在喃喃自语。

他又笑了。这是我喜欢的男人。她能从自己的身体里感受到，这是一种生理反应。她应该信任身体的感觉。

风从她身后的窗户吹了进来。在他冲完凉之后，车里弥漫着些许雾气，窗帘背后的玻璃肯定已经雾蒙蒙一片了。风直接灌进脖子和背部，她将衣领拉到耳朵的位置，双臂抱紧身体，嘴唇颤个不停。太冷了。他说他应该有件高领毛衣可以给她穿。她笑了，看来他读懂了自己的意思。他俯身到自己坐的长凳底下翻找起来。

“这么冷的天气已经好长时间了。”她说。

她想找点让两人能更加亲近的话题。他找出了一张羊绒毯。

“来，拿着。”他起身准备递给她。

野营车的天花板很低，毛毯不小心掀翻了一只马克杯。他厉声咒骂起自己来。咖啡流到了桌上，再滴到地上。她注意到他的发根还是湿漉漉的。

约恩放回最后一本杂志，站起身来想去上厕所。他再看了一眼她。她还在睡，眼白露了一点出来。她应该快要醒了。他静静地等着。但她还没有醒。那也许是她睡觉的时候总是露着些眼白吧。他想要叫醒她。突然她睁开了眼睛，看着他。

“我要去厕所。”约恩说。

女孩又闭上双眼，接着睡了。他想，刚刚她那样直勾勾地盯着我的时候，其实并没有醒。

羊绒毯很暖和。维贝克看着他利落地扯下纸巾铺在桌面和地垫上。咖啡将纸巾染成了棕色。

他打开卧室门时发出了吱嘎的声音。屋子里还有其他声响传来。走廊里一片漆黑。他想，大概刚刚说话的人关灯离开了。他们可能去睡觉了。维贝克一定在想他去哪里了。楼梯栏杆处依稀可以看见几只塑料袋和一堆衣服。他从后方裤袋里掏出水枪握在右手上，仔细听着周围的动静。接着，他弯着腰一溜烟来到厕所门口。他小心翼翼地打开门。但门后是另一间卧室，里面也有两张床，分别靠墙放着，窗户下方摆着布艺装饰。一张床上干干净净、空空如也。另一张床旁边的台灯亮着，应该有人刚刚在这里睡过一觉，因为床单有些凌乱，一本书打开着摆在床边的地上。

他关上房门。就在此时此刻，世上某个角落一定有人在遭受酷刑。这栋房子里说不定就有一间行刑室，他的使命就是找出那些受尽折磨的人，向他们伸出援手。他不知道应该从哪里开始找起。他拧动把手打开了一扇类似储藏室的大门。摸到门边的开关，打开灯一看，小小的阁楼里有一扇小天窗，厕所就在这里。

他一边撒尿一边用尿液打着圈圈。这里的气味跟他自己家里的不一样。冲水的时候，他突然想起了夏天的阳光：当天空万里无云的时候，他便能从自己床边的窗户感受到阳光的沐浴，那感觉飘飘欲仙。

“我们明天就走。”他重新泡了一杯咖啡。

维贝克问他们去哪里。他说他们会去西边转一圈，然后再南下。

“这里太冷了。”他笑着说。

维贝克点点头。

“我们已经习惯了。”

他问她的职业是什么。

“我是市政府的文化顾问。刚刚才开始这份工作。我的同事们都很热情，大家都信心满满地想要振兴这座落后的小镇。只有增强身份认同和归属感才能让人们愿意留下来，而不是一个个都选择离开。文化就是最好的工具。”

他默默地坐着、看着、听着。等她说完的时候，他露出了笑脸。她很想伸出手指去摸摸他的胡子，像摩挲新书封面一样碰碰他的脸颊。

“我很喜欢读书，这就是我的旅行方式，”维贝克说，“我今晚本来是要去图书馆的，可惜已经关门了。”

她停顿了片刻。

“所以我就到这里来了。”

她看着身旁的窗帘，感觉到他们两人之间似乎发生了些什么。就好像一艘离岸的小船，一旦启航便可以在水上轻盈起舞。

电话铃从屋子的某处响了起来。一直响着，没有人接。约恩跟着声音下了楼。灯光从玄关的玻璃门处照进来。墙边放着一桶水和一根拖把。他在镜子下方的五斗柜上找到了电话。只见镜子里的自己拿起了听筒，说了一声“喂”。在门厅转角处的这个位置，他的脸庞清晰可见。一阵低微的嗡嗡声传来，像是在机场出发大厅之类的开阔室内空间发出的。接着，一个男人的声音出现了，清楚且迅速。那人说自己是做市场调查的，想问问这家人目前最常用的香皂品牌是什么。约恩说，不知道，我不住在这里。

男人请他找住在这里的人来接电话。约恩说家里现在没有人。那人于是说了声再见，挂掉了电话。约恩最后听到微弱的挂断声，仿佛这通电话来自很遥远的地方。

“是谁打来的？”

她站着楼梯上，应该是被电话铃声吵醒的。他从镜子里看到她，她的脸略显浮肿。

“为什么你说家里没人？”

“我以为你睡着了。”

他放下听筒。

“电话铃一响，你就应该来叫醒我。”

“是的。”

“那你为什么没这么做呢？”

“我也不知道。”约恩试着回想自己听到电话铃声时的反应。“只是个市场调查，是关于香皂的问题。”

他在镜子里看着她。她没说什么，只是紧紧盯着电话。他感觉自己又在眨眼睛了，想要努力停下来。她的头发垂到肩上，在黑暗中看上去闪闪发光，那件红色的毛衣倒显得黑乎乎的。

他觉得她这样看起来，比刚刚在卧室看到时显得年龄更大一些，应该十五或者十七岁的样子吧。

两人一动不动地沉默了很久之后，她开口问他要不要喝杯热巧克力。

他跟着她来到厨房。她按下开关，吧台上方的灯泡闪烁几次后最终亮了起来。约恩靠在橱柜门上看着她取出牛奶、糖和可可。他想到了火车。或许明天就可以得到它了吧。“明年你可以列张单子，写出你真的非常想要的玩具礼物。今年我们就买些实用的东西。软软的袋子也很好啊，对不对?”维贝克说过她是个诚实守信的人。小火车是他礼物清单的第一名。维贝克一定看到了他放在书桌上的清单。

他想到了在市区玩具商店橱窗里看见的那列火车和山区风景，还有忽红忽绿的交通灯和月台上的一个个塑料小人。他还清楚地记得，其中一个小人是个站在商店旁边的身穿蓝色羽绒服的男孩。

她拿起平底锅里的一只不锈钢搅拌器。他们什么话也没说，只是一人站在机器一侧，看着棕色液体在其间翻滚。她把牛奶倒进去，他们一起等着沸腾的那一刻。

她把平底锅放到桌上，用大汤勺舀出巧克力。他们一人坐一边，大口大口地喝了起来，嘴唇上方留下了浅栗色的泡沫。

“你以前住在哪里？”

“在往南一些的地方，但是我们不得不搬家。”

“你在那边的学校是不是很大？”

“是的。”约恩回答。

她问他在大一点的学校里怎么交朋友。他想了想。

“我也不知道，就自然而然地有了朋友。在上学期间，或者是在放学后大家一起在社团玩的时候。我是表演社团的，但我们只演出历史剧目，维京人之类的。我自己更喜欢科幻剧。”

“你的父母离婚了？”

“是的，所以妈妈不得不离开，”约恩说，“她结婚结得太早了。他们离婚时我还很小，所以早就已经习惯了。”

“我在校车上看到过你。”女孩说道。

约恩努力回忆着自己是不是也见过她。他想不起见过她的脸，但记得从后座传出笑声时曾转过身去看到过一头金色的头发。也许那个笑声很吸引人的女孩就是她吧。

“你在哪个年级？”

“四年级，”女孩回答，“无聊死了。”

她开始讲他们的课程、老师以及学校感觉有多无聊。他注意到外面马路上堆满了雪，对街的房子里所有灯都熄灭了。约恩想，现在应该已经很晚了吧。接着有车灯亮起，一辆黑色小货车快速经过。约恩想，要是它突然停在窗前的路中间会怎么样。他想象着，当车胎飞速转动时，两侧一定会闪出火花，看上去就像是轮胎和后座起火一样。他曾经看到过一辆“火柴盒”轿车就是这样的。一个全身黑装的瘦子从驾驶座走了出来，拧开瓶盖一边慢慢地喝水一边望向厨房里正喝着巧克力的约恩。

她打开电视。第一个画面是有着许多漂亮色彩的远景，接着镜头拉近，一堆相似的物品出现在眼前：一只甜瓜果盘的旁边浮现出远看像是果仁的东西，但实际却是蠕动着的白色小虫。

约恩的那杯巧克力表面泛起一层白沫。她把电视声音调高了一些。他们仍旧坐在厨房餐桌旁，懒洋洋地靠着椅背，头歪斜着。他看着她，毛衣下的胸部刚刚发育凸起。她张着嘴盯着电视。他心想，现在已经很晚了，应该起身告辞了。双脚沾地后他又想，维贝克现在应该做完蛋糕了，她现在肯定坐在厨房里抽烟呢。他希望她能把抹刀留在碗里。

女孩的目光没有离开电视，但她让他不要马上走，再看一集节目。她说接下来的那集更好看，他应该看完了再走。

他在讲关于“市集节日”的事情。维贝克脑海里想象着他们两人在一片森林里。那是一个夏日，他走在她前面一点，一边捡着细枝一边吃着野果。他转过身来向她微笑。很缓慢地转身，好几次，就像电影画面一样。树丛间有一条缝隙，阳光轻快地洒到他身上。在她的思绪里，他慢慢变成白色光斑，宛如直接看向太阳的感觉。

他笑了，一定是说到什么开心的地方了。她也回以微笑，接着起身说想要去一下洗手间。她似乎起来得并不是时候，野营车内还弥漫着他冲凉后的水汽，令人晕眩的沐浴露气味四处飘散，雾蒙蒙的窗户好像让他的形象在她脑海中更加深刻了。

厕所隔板上张贴着各地明信片。她脱掉外裤、紧身衬裤和内裤，坐了下来。她看见了一座他们来这里工作之前住过的城市。那是一张夜景图，她没看出是哪座城市。明信片之间的空隙处画了一幅类似地图的东西。她跟着地图一路向北。在靠近现在这处市镇的位置附近贴着一张俯视角度的明信片。道路微微弯曲，一栋栋楼宇小巧可爱，国道尽头是改建后的市政厅和学校。“市集节日”所在的运动场上标记了一个红叉。她找到了自己的家，照片上还有一辆陌生的小轿车停在家门口。

“你们之前已经来过这里了？”她走出厕所后问道。

他点燃一根香烟。

“是的。他们虽然有很多路线，但是也经常去相同的地方。”

他停顿了一下。

“但我是第一次来。”

他就这么简单说了一句，还把烟掐灭了。他并没有抽完，她发现他的手微微颤抖了一下。他凝重地望着她，目光久久没有移开，她感到他似乎有点担忧。大概是有些焦虑了吧，他看起来好像是有求于她，或是被什么问题难住的样子。她想要给他安定的眼神，想要告诉他自己愿意留下来听他诉说。

又过了一会儿，他说肚子饿了。

“我这里有点培根和鸡蛋，你要一起吃吗？”

“好的。”

他蹲下身去，打开燃气炉下方的冰箱，取出了鸡蛋、面包、培根和黄油。他这样看起来矮小一些，更瘦削一点，她想象着他蜷缩在沙发角落安静读书的样子，一定非常温和。正想着，他已站起身来，从橱柜顶上将煎锅拿了下来。

女孩再次调高了音量。约恩感觉左耳一侧的声音大到不行，好像头都快被拉过去了一样。他站到厨房的窗边，马路对面房屋前的小径上，一只小狗正在东奔西跑，一路嗅到灌木丛后的垃圾桶旁边。这里几乎家家都养着一只这样的白色小狗，它们白白的皮毛上通常还有黑色或栗色的斑点。它们可以肆无忌惮地在马路上奔跑，维贝克说那些怕狗的人就惨了，他们在这里大概都没什么机会出门。那只小狗消失在灌木中，不一会儿又从另一头钻了出来，继续往房屋门口走去。只有门边的一盏灯还亮着。小狗来到了灯光照射的地方，离门还有两三米远。门并没有打开，也没人出来叫它或是赶它。它接着在角落处转悠，从约恩的视线中消失了。大概几秒过去，它又从房屋的另一边冒出来。它停下脚步，撒了泡尿，然后轻快地跑到雪地上，沿着马路走远了。

他转头看向电视，屏幕上现在出现了一群身穿黑色塑料服饰、接踵摩肩的人。其中一个女人的外衣胸口处挖了几个洞，上面挂着一个哺乳专用的别针。旁边有人帮她取出别针的时候，她看上去似乎一点也不疼。

他感觉有股冷风吹了过来，于是望向门边。一男一女并肩站在那里，手臂下垂摆动，像是在拍老电影。突然，他们动了起来，仿佛装上了电池一般。

那位太太让女孩把音量调低一点。她向约恩问好，然后两人坐到了桌边。他这才明白这是女孩的父母。他们正在若无其事地谈论着某个他不认识的人。太太起身拿出两只杯子，将剩下的冷巧克力倒了进去。她递了一杯给先生，自己拿起另一杯喝了起来。约恩觉得他们看起来比维贝克老一些，有种历经沧桑的感觉。先生顶着一头乱糟糟的头发。他一边翻看一本农业机器的宣传册，一边跟太太聊着天。他的双手很宽大，冬天也带着古铜色。

“看。”女孩对约恩说。

她指着电视机。

“终于出现了，你看他，很棒对不对？”

她又把音量调高了，想要听得更清楚些。太太起身走去吧台，从塑料袋里取出一截面包。她一边切片一边继续跟丈夫聊天。约恩觉得她好像很高兴。

厨房传出的香味盖过了他刚才冲凉时的沐浴露气息。培根闻起来真香，维贝克的肚子开始饿了。

“你不是第一次做煎蛋吧。”看着他将鸡蛋打碎放进平底锅里，她微笑着说。

他解释说“市集节日”的工作团队里有一个专门负责做饭的厨师，所以他自己并不经常下厨。他一边说一边取出碗碟、餐垫、两只玻璃杯和一个放煎锅的网格架子。他俯身摆放餐垫。维贝克将手放到桌面上。她的手精致修长，指甲颜色浅淡，比男人的指甲似乎纤弱一些。

他注意到了她的姿势，于是用手轻抚过她的脸颊。她看着他灰色眼眸中闪烁的绿光。他的呼吸掠过她右边的脸庞，嘴巴贴上了她半启的双唇。他的舌头上满是香浓的口水，或许他嚼过水烟粉吧。在他脑后，天花板上垂下的电线一端悬着灯泡，来回摇曳的速度在她眼中变得越来越快。

太太将一叠面包片放进大盘子里，摆到桌面中央。她又打开冰箱，拿出鹅肝酱、果酱和两升牛奶。

“我叫约恩。”他回答着太太的问题。

她笑了。

她问他们有没有去“市集节日”。她说在经过广场的时候看见那里停满了车子。她还看到一位邻居装扮成喜剧演员的样子。她一边模仿一边笑得前仰后合。约恩完全忘记“市集节日”这档事了。这才想起自己出门原本是为了去那里看看的。他和女孩互相看着对方。约恩想她大概是生气了，好像是他让她错过了“市集节日”似的。他看了看太太，她哼着小曲转身往吧台去了。

约恩数了数她背上的赘肉，一共有五层。女孩的爸爸看上去也有些胖。他想，他们的女儿居然这么瘦，真是奇怪。而且，他们俩的头发是深色的，可女孩的头发却是接近白色的。跟我的发色一模一样，约恩想着。

“等一下。”维贝克说。

“为什么？”

“鸡蛋都烧焦了。”

“把鸡蛋给忘了。”他嘟哝着，憨着笑。

他重重地压向她。她挣扎着推开他，伸出右手抓住了煎锅柄，将它推到一边。他挺直腰杆，微笑着用手指摆弄她的卷发。他关掉炉灶，视线并未离开过她。他的眼神让她全身颤动，仿佛给予了她崭新的力量。谁说灰色眼睛就不会绽放光彩。他抚摸着她的脸庞，她接受了。

她向后仰了仰头，梳理了一些脸上的发丝，全神贯注地看着他。维贝克长出一口气，还好及时阻止了他。现在还不是对的时间、对的地点。这么英俊的一个男人，跟他的结合应该是在一处更舒适的所在，一处更值得忆起的地方。

她满脸通红，露出了美丽而愉悦的笑容。这红晕只是出于兴奋吧，她想，他为未来埋下了种子，他知道我是个热情似火的人了。

有人在敲她后方的窗户。她转身拉开窗帘。外面站着的是那个白衣女人，她的脸完全贴在窗玻璃上，直直地朝里面望去。

约恩抬眼看向厨房门边的那面墙。上面悬挂着一幅画，画中的孔雀头朝向照明开关的一边。画面的背景是黑色的，上面插着的小钉子沿着孔雀轮廓绕了一圈。约恩联想到耶稣的手掌被钉进钉子的情景。钉子间连接的是五颜六色的丝线。孔雀身体边缘是无数层橙色的线圈。

太太留意到了约恩的目光。

“这是我大儿子做的。客厅里还有两幅。这些都是他自己想象出来的，有点四不像。他是在初中班级里学做的。”

她坐到餐桌旁，往面包片上抹了层果酱，微笑着递给约恩。

“他现在在做什么？”约恩问道。

太太看着先生，先生的眼睛从宣传册上的拖拉机照片移开，看着大家。

“什么？他现在在做什么？”

女孩和她的妈妈嘲笑着他的心不在焉。

“他去南部了，我们已经有段时间没他的消息了。他现在在一家农场工作。”

先生说完，又低头看起了宣传册。太太接过他的话茬继续下去。

“他在咖啡馆里遇到了一个女孩子。他当时在等公交车，女孩是里面的服务员。后来他们就开始聊起来。一年以后，他们生了个女宝宝。现在他们一家三口都住在农场里。”

太太说着说着，便起身打开了厨房的一处抽屉，里面放着些纸张和照片。她翻找了一会儿，然后递给约恩一张照片。

“这是莎拉，”她朝照片点了点头，“别人都说她有点像一位女歌手。”

约恩看着照片上的人，她躺在一张大床上的浅绿色襁褓中间，小巧的脸蛋红扑扑的。他感觉睡意向自己袭来。太太还在翻看着旧抽屉的照片。他将这一张递还给她。

白衣女人把外套领子提到脖子那么高，用手紧紧抓住领口。维贝克觉得她一定是站在窗下积起的一堆雪上，因为她俩处在差不多同样的高度，顶多错开五十厘米。维贝克想她刚刚会不会看到了什么。窗帘虽然拉起来了，但里面的光很强。她尽量保持镇静。毕竟，他们确实没发生什么，他们只是刚刚认识对方。女人看着她，露出了一丝笑意。维贝克有点不知所措，不知道是不是应该回以微笑。接着，女人的目光越过她，望向他。他就站在维贝克身后，近得她可以从背后感受到他的温度。他们就这样对视了几秒，然后女人转身走开了。

约恩问几点了。

“十一点。”先生头也不抬地快速答道。

他觉得时间应该更晚一些了，但不敢说出来。女孩起身关掉电视。厨房里顿时安静下来。她伸开双手打了个呵欠，约恩从毛衣缝隙处看到了她里面的肌肤。

“我要去睡觉了，再见。”她对约恩说。

她俯身跨过桌面跟父亲贴面亲吻。趴在桌上的时候，裤腿都被提到了她的屁股上。约恩想，她可真像个男孩子。

维贝克仍旧坐在那里，一只手拉着窗帘。野营车外，随着灯光的逐渐熄灭，雪夜看上去更加寒冷了。她探头过去，将脸贴到冷冰冰的玻璃窗上，看着那个女人的身影。她朝着市集节日的方向走去，然后打开另一辆野营车的门走了进去。

维贝克回到桌旁。她问他那个女人是谁。他拿起煎锅，将热腾腾的食物分进两只盘子里。只见他张开嘴，又闭了起来。他看着她，用拿着餐刀的手做了个手势。

“她是工作人员。”

他把煎锅放到餐垫上。

“我刚刚从她那里买了点彩票券，”维贝克说，“她好像有些特别。好像在寻找什么，有点疯狂的样子。”

“她确实有点疯。”

他笑了，用餐刀将煎蛋切成小块，再拿叉子放进嘴里。不过，维贝克好像没了胃口。

“现在的感觉很棒，我们有时都会厌倦平淡的生活。”

食物在他嘴里，从腮帮处鼓出来。他看着她，似乎希望得到她的同意。她点了点头。窗外传来风声、脚步声、雪地摩擦声。她只想告诉他，他一切都很好。屋内，除了他咀嚼培根的声音之外，一片寂静。突然，一组发动机的声音出现了，嗡嗡作响。

约恩站在座椅边。女孩要去睡觉了，他也应该告辞了，但他觉得自己很喜欢这里。平底锅在桌面上留下了一点烧焦的印迹。女孩的爸爸现在读起了当地报纸，妈妈背过身去整理吧台上的可可粉包装袋。“我也不是本地人。”她对约恩说。她说她来自芬兰，更靠南部的地方，但因为丈夫是土生土长的本地人，所以她在这里也有种家乡的感觉。约恩看着她做事的身影。既然她愿意跟自己聊天，再呆一会儿应该没关系吧。她的身体一动不动，只有双臂在干净利落地收拾着。包装袋都装满之后，她在封口处折了几折，再用细细的钢线套住。她拿着袋子离开了厨房。约恩听到开门的声响，接着便是下楼梯时重重的脚步声。他们在地下室应该放了个冷冻柜吧。先生默不作声地看着报纸。明天，约恩就九岁了。他能从肚子里感觉到，那种兴奋一直传到嘴巴里。但他不知该怎样形容，只是微笑。太太从地下室上来了。

维贝克感觉有点闷，刚才还不是这样的。她喜欢跟他聊点重要的事情。

“你要喝点威士忌吗？”

他走到一扇打开的橱柜门前。没等她回答，便从里面取出两只酒杯和一瓶酒。吃掉了她的那份晚餐，他收走了吧台上的盘子。

“再见。”约恩说。

那位先生答了句什么话，他没有听清楚。来到走廊，他径直朝太太走去。他感到她的大肚子顶着他的手臂，他的嘴边就是她沉甸甸的胸脯。他努力让自己在低声说完晚安之前，不要使劲眨眼睛。

穿好靴子起身之后，他用左手扶着墙壁。他觉得自己的心脏大概出了什么问题。大门没有关紧，他走出去后特地多推了几下，确定把门关严了。

房屋后方的森林里黑漆漆的。角落的雪堆里留着一些撒完尿的窟窿。约恩想，刚才看到的那只小狗应该就住在这家人家吧。维贝克跟他说过，养狗不是问题，整理毛发才是大问题。

双手立刻变得冰冷，他赶紧放进裤袋里。他想起了女孩，和她睡着时露出的眼白。

他穿过房前的小径来到马路上。明天在校车上一定要留意一下她在不在。他到时应该会主动上前跟她打招呼的。

不管怎么说，我很少这个样子。维贝克拿着酒杯，他将威士忌倒了进去。金黄色的液体宛如纯净的火焰。

“再说，天气实在是太冷了。”她自言自语道。

“是的。”他举起酒杯跟她干杯。

他一饮而尽，又满上了一杯。

他们各自点燃了香烟。他抽出银色钱箱，说趁还没彻底醉之前先得把账点清楚。维贝克背靠着角落卷起的睡袋，双脚放在长凳上。她把酒杯放在胸前，透过自己吐出的烟雾看向他。他坐在那里，埋头数钱，嘴里还哼着小曲，脚上也打着节拍。维贝克感觉在他身边很舒服。这是种从来没有的自然的感觉。窗外，各种声音传来，欢呼声不绝于耳，车辆启动声也不时响起。维贝克觉得这是上帝的安排，让自己呆在这辆野营车里，跟一个特别的男人在一起。突然，他放声唱起了一首爵士旋律，全身散发出兴奋和陶醉。整个桌面成了一套架子鼓，轻轻弹击玻璃杯便传出了清脆的声响。

她冲着他笑了起来。屋里的温度好像被调高了。她不想出汗，于是脱掉了毛衣。里面穿的是一件蓝灰色高领喇叭口真丝亚麻混纺内衣。她闭上眼睛听他唱歌，羡慕他可以如此放松、闲适和亲近。

约恩沿着弯曲的小路来到大马路上。他在马路中央走着，这个时候什么车都不会有。路上四处散落着放烟花留下的空壳子。他捡起一小截空管子放进外套口袋里，准备回去研究一下烟花放完之后还剩下些什么。学校的自然科学教室里有一台显微镜可以派上用场。他又开始使劲眨眼睛了。有时，他会完全无意识地这样做。他试着计算两次眨眼之间能走几步。汽车的声音传来，他回过头去，见到一辆车快速驶来。他赶紧走到路边，跳到雪堆上。车从身边开过时，他留意了一下。之前好像见过这辆车，但想不起是在哪里了。司机是个男人，留着极短的平头，嘴里叼着一根长长的香烟。

他的歌唱完了，她睁开眼睛。他点完了钱，静静地看着她。他的眼神热烈又深不可测。

“算完了。”他双手拍了拍，发出响亮的击掌声。“现在，我要开车去兜一圈，找一处大家都在狂欢的地方。”

她从来没想过还会跟他去其他地方。她想象着他们两人在灯光柔美的舞池里，他紧紧地贴着她，轻声在她耳边低语着什么。她似乎没有想过出现这样的场景。但我们总得接受不同的可能性，让彼此进入不同的轨道。

“好的，我觉得这个主意很好。”她笑着说。

他显得有点惊讶。他是不是以为这样的提议对我来说太冒险了？那是他对我还不够了解，维贝克笑着想。

他套上厚厚的羊毛毛衣和皮外套，在镜子前戴上帽子。将头发从脸上拨开之后，他的眼睛看起来更大了。突然，她很舍不得跟他离开。他的眼睛里应该有什么她能读懂的东西，一定有能让他们两人更亲近的东西。她起身从他身前走过，来到门边自己挂衣服的地方。穿戴整齐后，她转身背靠厕所一侧的墙面看着他。她在期待着什么，想要聆听他内心的声音。

他打开门，他们走了出去。外面很冷。她听到一声吼叫从一辆野营车中传来，那是一个男人愤怒的声音。

她站在几米远的地方，看着他敲响了一辆野营车的门。一个上了年纪的男人把门打开了。他又矮又瘦，站在车内射出的灯光里，让人看不清面部，只能看见细细的白发在闪烁。他将钱箱递给门口站着的那个人，两人低声说了什么。他双脚平稳地站立在那里，显得很高大，但仍要抬头才能盯着站在两级阶梯上的矮个子。老人从挂在门边的外套里掏出了一个钱包，从里面拿出了什么东西递给他。她听到老人说这是一个钥匙包。那人朝她看过来，她回了个微笑。野营车里传出了孩子的声音，一男一女，好像正在做游戏。

她跟在他身后来到了人已散去的“市集节日”广场。他在旋转木马之间穿行得多么灵活呀。身形健硕、步伐轻盈。他走得稍微有些快，大概是因为实在太冷了吧，他想尽快钻进车里。

他沿着“市集节日”场地的左侧往前，一路来到一辆深绿色的车子前。维贝克不知道这种车叫什么，看上去像某种吉普，应该是军用车型吧。

他瞥了她一眼，打开了车门。钻进去坐定后，他从里面为她开侧门。维贝克踏上脚垫，也爬上了车。他一边看着她，一边旋动车钥匙。他似乎想问她些什么，但她参不透其中的含义。她朝他笑了笑，让他能够定下心来。她希望他可以表达得更清楚些。她喜欢直截了当的人，这样更容易相处。

车发动了。他们坐着互看了一眼。接着，他将手臂搁到椅背上，双眼凝视后视镜，慢慢把车倒到马路上，另一只手操控着方向盘。

这车感觉动力很足，一定是用来拖那些野营车的。底下那几只又大又厚的轮胎抓地一定特别牢。她稳稳地坐在柔软舒适的座位上。

他离开停车位来到市民文化馆和杂货店旁边。街上空无一人，只稀稀拉拉地停着几辆车。明天大家应该都会聊到“市集节日”吧，维贝克想。这就是他们的文化。这是他们喜欢的东西。可最近一次教堂的爵士音乐会和图书馆的作者见面会已经是多久以前的事了呢？

他开上了国道，加快了车速，车内暖气也热了起来。他俯身伸出右手拧开收音机，调到有愉悦音乐传出的频道。她系上安全带，他又开始哼起歌来。她看向路边标桩上闪烁着的反光镜。夜晚的国道上车辆真是少啊。如果有人从南部驱车来到这里，周遭漆黑一片的时候，他们一定会以为这只是荒无人烟的地区中间安装了几盏路灯而已。得再往前开出好几百米，看到路牌和市镇的出口，人们才会反应过来，原来这里还有人居住。

他们穿过有路灯照明的区域，现在窗外黑乎乎一片，只有田间亮起的星星点点的光芒。她完全搞不清他在哼唱的是什么歌，仿佛他只是无意识地蹦出几段旋律，跟收音机里发出的也不尽相同。她想要跟他合唱，就像自己小时候常在车里做的那样。她闭上眼睛。他开得很好，即使是大转弯时也异常平稳。她在想，自己表现出的欣赏他是否都读懂了。

“跟我说点什么吧。”她开口了。

“说什么？”

“你脑子里想到的第一件事。”

他没有出声。

好吧，她心想，那我来起个头吧。她想自己只要不断地表达、不断地诉说，最终总会走进他的世界。

“我想起童话里的一首儿歌，”她说，“那是我听到过的最美妙的东西了。”

“真的吗？”

歌词是这样的：

远处有片湖，

湖上有座岛，

岛上有间教堂，

教堂里有口井，

井里游着一只鸭，

鸭子有一颗蛋，

那蛋里……

她感觉自己马上就要哭出来了。

“那蛋里有我的心。”

她轻声说道。收音机里在介绍大城市电影院中票房最好的一部影片。眼前的路似乎永远没有尽头。周遭只有灯光、他们的这辆车和底下的路面。她看着他，他面色凝重地看着前方。他的表情僵硬了，她想，大概是我说的话触动到他，让他想起了些什么吧。她很想抚摸他杂乱而韧性十足的鬈发。她伸出手去，他回以一瞥。

她看向窗外的马路、标桩、雪堆和森林。雪到处都是。他们经过了一个黄色路牌，上面写着还有几公里才到市区。

好像并不是很冷嘛，约恩想，但是他知道这不可能呀。夜晚总是会比白天更冷一些。马路上空空荡荡的，看上去比白天更宽更大，家似乎也离得更远些。背后有轻轻的脚步声传来，他转头一看，是刚刚那只小狗。它在几米远的地方停下来嗅着一堆垃圾。约恩感觉热血突然涌上脑门，心里什么想法也没有。他拍了拍大腿，跟小狗打招呼。小狗抬起窄窄的头望了他一眼，又接着埋下头去闻起来。他抓起一把雪，想要做成雪球。但雪太细太碎了，始终捏不起来。他双手冰冷，索性将雪撒向空中。小狗跑了过来，使劲嗅着飘落到地面的雪碎。他让它走过来，轻轻抚摸着它的脖子，小狗摆了摆尾巴。他在雪地里跑了起来，小狗也跟了上来。

家门被锁上了。约恩跑得气喘吁吁，围巾下的脖子早已汗流不止。他伸手去口袋里翻找钥匙，通常都在腿前的那只裤袋里。但这次他没找到，找遍全身其他口袋也一无所获。

他不想吵醒维贝克。他想，她应该是在上床睡觉前检查了一遍门有没有关紧，她肯定是希望他多等一会儿再看到她精心制作的蛋糕。他又全身上下找了一遍，还是没摸到钥匙，于是只好按下门铃。铃声响彻整个屋子，发出长长的鸣响。他想象着维贝克的脸庞，没有妆容，身上披着浅蓝色的睡袍，露出纤细的双腿。她或许会用埋怨的眼神看向他。她也许不想来开门了，他想，他回来得那么晚，索性在外面呆到明天吧。我也不想吵醒她的，他不断对自己说，可是怎么也找不到钥匙。

一直没人来开门。他只好把手放在白色按钮上不松开，让铃声响个不停。钥匙肯定就在客厅的桌子上。他仿佛已经看见了自己钥匙串上挂着的透明塑料唐老鸭，只要拿起钥匙，唐老鸭的眼睛就会滴溜溜地跟着转动。

突然，他发现家门口的地面宽阔了许多。车被开走了。原来维贝克根本没在家。她是不是出什么事了。会不会发生车祸了。维贝克不喜欢冬天开车出门，但这里的冬天太长了。她大概是出事故了，可能被卡在车里，可能不断地流着血却没人发现，甚至车子可能已经烧起来了，她或许很快就要因为疼痛难耐而死。他想象着皮肤被火灼烧的那种难以形容的痛苦。没人发现她，她完全是孤零零的一个人。他感到双眼眨得厉害，于是握紧拳头使劲将眼皮往里揉搓。他觉得要是足够用力的话，眼珠应该会被按进脑袋里，然后再也回不到眼眶中，再也看不见外面的世界了。维贝克应该是出去买礼物和蛋糕了。她可能少了做蛋糕的什么材料，鸡蛋或者面粉，于是只好开车出门去借。事情应该就是这样吧。她总是那么健忘，总说自己像个老教授似的，想得多也忘得多。要是这样的话，她应该不会太晚回来，只是忘了点小东西而已。要不是因为他的生日，她也不会出门去。他的脚趾和腿部似乎已经冷得没了知觉。他在门前的雪地上来回跺着脚，还不时蹦跳几下。他在想等待的这段时间能做点什么呢，希望她没有生他的气。

他们远远地看见一辆停放着的车子里闪出灯光。她侧身让出一小块位置，让光从马路左侧照射进来。他放慢车速，两人交换了一个眼神。维贝克心想，谁会把车子停在这片森林里，而且只开着里面的车灯，像是在给所有过路人指引一样。

“你相信有不明飞行物吗？”他笑着问道。

“或许是车出了故障。”她说。

不过转念一想，似乎不大可能。要是有人在出城的路上车子出了故障，应该会回到城里去寻求帮助。经过那辆车时，维贝克看见两个男人坐在前座，正低头在仪表板上找着什么东西。他们穿着制服，应该是四处巡逻的保安吧。不一会儿，那辆车便被他们甩到了身后。

“还好，他们在忙别的事。”他说。

“你这是什么意思？”她问。

“他们是警察。”

“你怎么知道的？”

“那是辆警车，你没发现吗？”

维贝克仔细回忆着刚才那辆车的细节，但车身和车上的人都无法让她联想到警察。他加快了速度，手指在方向盘上打着节奏。收音机里开始播放一首她非常喜欢的歌，她伸手去调高音量。路面有些不平，电波频率受到影响发出刺耳的刮擦和鸣叫声。他关掉了收音机。车内瞬间变得一片寂静，只听见引擎的轰鸣和暖气吹出的风声。他们应该很注重车辆的保养吧，毕竟这是他们的营生工具。她在脑子里回想着他们刚刚喝了多少酒。似乎比自己预想的多一些。她靠在座位靠垫上，闭上眼睛，右手拉着门把。

等她睁开眼睛时，他们正转弯驶离森林，朝着一片建筑群开去。

黄色路灯照亮了地面。马路两侧出现了一幢幢灰色的两层小楼，一排接一排地伫立着。最前排的外墙上安装了许多配有射灯的广告牌。一张张亮闪闪的人像照片让人感到深夜置身喧嚣之中。他们经过一片废弃的球场，上面结满冰块，四角各装了一只射灯。

越靠近城中心，房屋也变得越来越高、越来越密。商店橱窗和霓虹灯映入眼帘，刚刚经过的那间发廊是维贝克最近经常去的。发廊老板娘的一头短发十分动人，说话时嘴唇还会闪闪发光。就是她劝服维贝克在鼻孔里镶上饰品的。在她看来，这样的妆容简直再自然不过。她有着无与伦比的沟通天赋，懂得如何打破僵局、拓展话题、求同存异。我的缺点就是喜欢边说边思考，这样会显得反应太慢了，我总是无法做到即时给出反馈。

她转头望向自己那一侧的玻璃车窗。一对年长的夫妇带着狗回到家门口，男士拧动钥匙，推开大门。车开得太快，她来不及看清建筑内部的任何东西。她想起了自己从前住的那栋房子，从厨房的窗户可以看到两棵漂亮的橡树。早上，她常常被楼宇间传出的声音吵醒：大门开关时发出的喀嚓声，还有楼下人们的谈话声。她当时似乎有一种感觉，所有的声音都朝着某个方向汇集到了一起。

约恩依旧站在家门口，那只小狗开始轻声叫唤起来。他不知道它想要干什么，大概是饿了吧。他试着也冲它叫唤两声，想要告诉它，这里什么吃的都没有。刚才离开女孩家时已经十一点了，那现在到底几点了呢。应该肯定十二点半了吧。

他在一家夜间开放的咖啡馆前停了下来，没有熄火。维贝克感觉一直不说话的状态刚刚好，很放松，两人间的沉默胜过千言万语。她沉浸在脑中的歌曲段落里，享受着这份宁静与内心的声音。咖啡馆的吧台后面，一个年轻人正用脸颊和肩膀夹着听筒打电话。靠墙的一张餐桌前坐着一对情侣，头几乎要埋进食物里了。

“来根烟？”他问道。

“好的。”维贝克说。

他为她点上一支，自己也来了一根。他们又看了看咖啡馆里的情形。吧台处的年轻人还在打电话，身体有节奏地起伏着，手上还带点小动作，远远看去像是在听歌。

“你知道有什么地方我们可以去的吗？”

“不知道。”她说。

她来到这里以后还没有晚上出门娱乐过，只有一次是去教堂看了场话剧。

又是一阵沉默。

“我们去问问他吧。”

她用夹着香烟的手指了指柜台后面的人。他没有回应，好像在考虑。他的面部线条硬朗、棱角分明，浓密的头发卷曲着。她决定自己走进去问，毕竟他算是这座城市的访客，她应该显出主人的样子。于是她果断地打开车门，走出去后反手赶紧关上，然后在雪地里一步一陷地朝人行道走去。来到咖啡馆门前，她伸手拉动门环，走了进去。

宽大的柜台上方，灯管闪耀出灵动的光芒。除此之外，咖啡馆里只有餐桌上的一盏盏小台灯发出的微光。音响的声音开得很大，一位当地电台主持人正在播放目前非常热门的新歌，不过她也记不起上次是在哪里听过了。她朝柜台走去，步伐似乎不由自主地跟着音乐的节奏。她将双手搭在柜台边缘，身体向前靠着。那个年轻人已经走开了。他应该是去上厕所或者进储物间拿蔬菜了吧。煮沸的咖啡香味从一排排杯盘碗碟旁的咖啡机里飘出来。她随着音乐摇摆着，好像已经很长时间没有跳过舞了。柜台后方，墙面工作台上摆着一本打开的杂志和一本书，她伸长脖子去看书名。没听说过这本书，作者是个男人，美国人。书的类型是她完全不喜欢的。工作台旁摆放着一张铺了绿色旧外罩的办公椅。播放音乐的收音机也搁在工作台上，面对椅子，仿佛无论谁坐上去都会被声音直接穿透。她用指甲在柜台上敲打起来，看着暗色的指尖在不锈钢桌面上跃动。那扇摆动的门后应该就是厨房。接着，她转身背靠柜台，透过咖啡馆橱窗看向车子。从里面看出去，车身并不清晰。于是她将目光转向那对用餐的情侣，他们桌下还蜷缩着两条狗，女人椅子旁放着一只笼子，里面装着金丝雀。他们吃饭的速度很慢，似乎完全不受收音机高声歌唱的影响，音乐刚刚戛然而止他们也无动于衷。他们肯定开了一整天的车，现在正给车充电。女人将吃了一半的食物推开，准备点根烟抽。

“有什么可以帮您的吗？”一个声音从后方传来。

收音机被关掉了。她转身面向工作台，这次来的不是刚刚那个年轻人，而是一位年纪稍大些的男士，大概五十来岁吧。

“刚才在这里的那个人呢？”

他看着她，抬了抬左边的眉毛，双手撑在桌面上向前凑过来。他的手背和臂膀上长着不少毛发，颜色很深，但头发却是灰色的。他的手指看上去小而有力。

“您想要点什么吗？”

他的声音平静而坚定，像是很累的样子。

“我只是想问刚刚在这里的那个人一个问题。”

“好吧。”

咖啡馆里非常安静，她听不见那对情侣吃饭的声响，他们或许准备听听她要跟那个人说些什么。

“不，我什么都不想点。”

“好吧。”那人回答。

他将几只苹果杏仁甜酥面包放到盘子里，慢慢叠成一个圈。

她转身朝门口走去，推开重重的玻璃门，张开嘴巴深吸一口冷空气，然后快步回到车里坐好。

车子开始减速，慢慢驶向约恩。他直勾勾地看着那个留着平头的司机。那人向他看了一眼。车在空转，排气管散出的气体弥漫开来，约恩的双腿能明显感觉到暖意。

他关闭了引擎，但车钥匙还亮着，暖气依旧开着。他重新打开了收音机，拧到了跟咖啡馆那台收音机一样的频率。他睡着了。她轻手轻脚地打开车门，生怕吵醒他。他脑袋向后仰靠在靠垫上，嘴巴张开着，她发现他的舌头上有个什么暗色的东西。大概是烟草吧。她转过头去望向玻璃窗外。一对情侣从街头的某个地方走了出来，然后停在路上，男人捧起女人的头，俯身向她吻去。维贝克想，自己舌头上是不是也有那么一块脏东西。她扳下挡风玻璃上的遮光板，从小小的镜片中打量自己。她前移到座椅边缘，努力靠拢镜片才能看见自己的舌头。她猜想在舌头中心位置应该有一块东西，在比较靠后的地方，很难看得清，车里光线太暗了。她用手指刮了刮舌头，看看是不是真的有什么。但手上只留下了浓浓的口水。于是她回到座位上坐好。那对情侣刚刚出来的地方搞不好是一处我们俩可以去消遣的场所，因为从门缝里透出了暖暖的灯光。她朝着光源望去，墙面贴着一张海报一样的东西。应该是间酒吧。她转身推醒他，告诉他找到好去处了。他半闭着眼睛看着她。他或许根本就没睡着，一直都在盯着她看呢。她摸了摸自己的头发，看看有没有乱。

车里的那个人摇下车窗玻璃。

“我对这里附近挺熟悉的。”约恩说。

那人笑了，露出小巧整齐的牙齿。约恩这才发现里面坐着的是个女人而不是男人。

“是吗？你对这一片很熟？”

她笑着问道。她的口音听着不像本地人，应该是从西挪威来的吧。他也回了一个微笑，但不知道该说点什么，因为她看起来并不是在找路。

“上来吧。”她用头指了指自己旁边的空位，隔着车窗说话实在是太冷了。

他上到车里，坐在她旁边的座椅上。后排座位上放着一只巨大的鲜花图案靠垫和一顶长长的白色假发，脚下放着一只紫色皮包。他双手放在膝盖上，笔直地看向前方。

“像你这么大的孩子这个点应该早就上床睡觉了吧？”

她的声音深沉而缓慢，虽然面带笑意，但约恩看着她时只感到严厉。

“我被锁在外面了，家里没人。但妈妈很快就要回来了。她本来在给我做生日蛋糕，但是少了什么东西，所以才出门去借的。”

“是吗？你的生日就快到了？”

“是呀，我明天就九岁了。”

女人透过挡风玻璃看着黄色灯光在雪地上留下的影子，舌头在嘴里不停发出声响。她应该不知道自己在干嘛吧，约恩心想。只见她弯腰靠近他坐的位置，打开了前方的抽屉。

“这里面应该有些糖果吧。”

她在一堆纸巾、票据和空的糖果包装纸里翻来翻去。他看见里面还放着好几副墨镜。

“你妈妈没跟你说过不能上陌生人的车吗？”

她一边翻找一边说道。

“为什么？”

“不是所有人都是好人。”

她笑着看他。她的牙齿真的很小，他想摸摸自己的门牙，比比看谁的更大些。

“我妈妈说每个人的内心都是善良的。”

她继续在乱七八糟的杂物中寻找着。他注意到她穿的是一身白装。毛衣应该是某种柔软材料做成的，有点像兔毛。整件衣服很长，更像是连衣裙。她腿上穿着白色紧身裤和白色鞋子。他觉得头上有些热，于是摘下了帽子。

她重重地关上了抽屉，声音吓了约恩一跳。

“好像糖果都吃完了。”

她看着他，眯着眼睛在想什么。

“我们只能去买一点儿了。”

她一脚加速将车开到了路中间，约恩被甩到了座椅的角落里。她不断调整着速度，约恩觉得她放在仪表盘上的手指非常纤细。再看看自己的双手，比她的略小一些。现在他的手已经暖和了，还有点痒痒的感觉。

维贝克跟在他后面走了进去。他突然停下脚步，她一头撞了上去，嗅到了一股皮衣的味道。那气息很浓郁，应该是件新买的衣服吧。他低头向她微笑，那感觉很幸福，她也不自觉地报以笑容，同时环顾周遭。酒吧里很窄，挤满了人。左侧柜台旁一溜迷你阶梯上方有个狭小的舞台，一支乐队正在演奏。柜台右侧分了三片小区域，里面靠墙摆放着栗色皮沙发，大厅处还有些铁条椅子。到处都坐着人。找不到座位的，就手拿酒杯站着。密密麻麻的人群让人搞不清楚到底哪些是彼此认识一起前来的。她想，这里应该各色人等都有吧。五个女孩子坐在舞台前的阶梯上，像是在激烈地讨论着什么重要的事情。

高音喇叭就在她们身后一米处。维贝克觉得她们应该很难听清楚彼此在说些什么吧。她们搞不好是一群聋哑人，能读懂彼此的唇语。她试着听懂她们在聊些什么，但一无所获。乐队在弹奏什么呢，大概是某种轻摇滚吧。所有乐队成员都是女孩。弹贝斯的那位留着一头蓬松的红发。主唱显得又瘦又小，脸上带着孩子气，圆圆的面庞、大大的门牙，黑黑的刘海几乎盖住了眼睛，长长的发辫一直垂到腰部。她们在演奏期间不断交换眼神，吉他间奏时会从嘴角露出微笑，下一个动作之前总会彼此打个小手势。负责打击乐的姑娘坐在舞台最里边，看上去是最接近普通人的一位。维贝克心想，要是在街上看到她，很少有人会想到她是乐队的打击乐手。她四处张望，突然不见了他的踪影。眼前有一对情侣在争执着什么，只见女人的嘴皮不停翻动，男人时不时插句话，但往往简短几句后又会招致女人连珠炮似的回击。她决定再看看别处，不能让这样的场景影响自己愉悦的情绪和内心的静谧。她朝吧台方向钻了过去。两个肌肉健硕的壮汉挡在她面前。他们各自坐在一张转椅上，顶着音乐高声交谈着什么事。她想要找个缝隙挤到吧台前点单。墙上贴着饮料单，她仔细挑选起来。要带气泡的，她自己都忍不住笑了，带气泡的好像更适合我。两个壮汉在聊冰球的话题，很显然他们俩都是冰球手，从对话中可以听出，他们对新教练很是不满。他们穿着一模一样的红格法兰绒衬衫，下面搭配的都是蓝色牛仔裤。突然，其中一个人转过身来问她在盯着看什么。维贝克吃了一惊，还没反应过来，那人便手拿酒杯滔滔不绝地说起自己不知碰到过多少这样的女孩，总是默默盯着他看，等着他挑起话头；他说自己真是被这样的目光烦透了，不管她用什么样的挑逗手段，他都不会中招的。

“嗨。”

他来到了她的身后，她闻出了他头发的气息。他就在她耳边说话，让她莞尔一笑。他及时找到了她，缓解了眼前的尴尬，带着她走开了。那位冰球手回头继续跟同伴聊天，仿佛之前完全没被打断过，话题依旧可以一气呵成。

“我看到了两三个在市集工作的人。”

她看着他，他的样子很开心，这种表情是之前在露营车或私家车里都没有出现过的。她似乎还没有完全了解他。她想，也许现在他觉得跟我相处起来更舒服了吧，他似乎更放松了。突然，她发现自己还不知道他叫什么，于是问了出来。

“汤姆。你呢？”

“维贝克。”

他的目光在大厅里游荡。

“好了，现在我想买点啤酒喝。”

“报亭十点就关门了，”约恩说，“现在要想买东西，得去城里的加油站。”

“远吗？”

她低沉的声音显得很平静。约恩觉得她看起来很友好。

“二十公里。”

暖气声音很响。约恩拉开外套拉链，摘下围巾。他发现她的中指上戴着一枚巨大的透明玻璃戒指。在显微镜下观察这枚戒指的话，能看到些什么呢，应该有很多细菌吧，约恩想。

他们在国道路灯下一路向前开去，渐渐离开了小镇。

经过路灯时，约恩尝试屏住呼吸，因为每屏一口气就会有数以千计的人幸免于虐待之苦。这是他从图书馆里某本书上读到的方法。有人的头被按进装满冰水的桶里，舌头还被通上了电；还有一本杂志照片上，有人的双手被绑在栏杆上，只能站在原地撒尿。他试着想象那种被吊起来的感觉。他最长可以屏住呼吸到连续经过七根灯柱，再多加练习他觉得自己还能有所进步。两旁的森林里一片漆黑，树木密密麻麻。路面很平坦，弯道很急，有点像是在井底行驶，或是在一条没有顶棚的隧道里；又有点像坐在深谷的小火车上向外望去的景致。

"你叫什么名字？"

他能听出她语气中的百无聊赖。

"约恩。"

他觉得她这种态度有些不对，毕竟不是他主动要求上车的。他并没有想要烦她，只是以为她找不到路了，希望帮把手而已。

她开得很快，在一个转弯处，前方抽屉突然又自己打开了。那堆墨镜再次出现在他眼前。离他最近的那副有着圆圆的大镜片，镜架是厚厚的白色塑料质地。他拿出来试着戴上。眼镜对他来说实在太大了，他只能感到冰冷的塑料镜架贴着脸颊。她看了他一眼，然后继续看向前方。透过镜片看出去，路灯被蒙上了一层绿色。他觉得胃里一阵恶心，嘴里包满了口水，好像随时会呕吐出来。

“您能不能停一下？”他问。

“为什么？”

“我感觉有点不舒服。”

她又往前开了一点，然后停在了一堵墙边。这是一片长长的平地，约恩打开车门，急急忙忙跑了出去。

维贝克看到了一张熟悉的脸。那是社保处的一位女士，她们应该在文化项目测评时见过。维贝克想起来，当时一共来了两位女士，看起来活像两只老母鸡。她的妆化得特别浓，旁边还跟着一位男士，头发细密灰白，个子精干矮小。他们居然在跳摇滚舞曲，维贝克吃了一惊。她不禁莞尔，这里根本就跳不起来，地方太窄了。她发现那位男士只要了杯水，大概是接下来要开车的缘故吧。视线越过他们，她将目光落到汤姆身上。他弯腰撑在吧台上，接过啤酒后并没有立刻转身离开，而是跟女服务生攀谈了起来。音乐太吵了，他得使劲往前伸长脖子才能听见对方说些什么。只见他手舞足蹈地聊得不亦乐乎，应该是在说什么笑话吧。在他毫无察觉的时候这样看着，这感觉不错，就应该给他足够的时间和空间，毕竟我们是两个独立的个体。

“你好呀，”那位社保处的女士走了过来，“这是我的爱人埃瓦尔德。”

他们不知不觉间就靠到了很近的地方。她没想到这位女士会来打招呼，因为她们之前从没说过话。她看上去已经多少有些醉意了，她的丈夫朝维贝克笑了笑。

“您是新来的吧？”他问道。

他将身子向前倾了倾，他太太的目光似乎愣在了维贝克或是旁边什么东西上。维贝克轻轻点了点头当作回答。他们俩大约六十岁了。她觉得这把年纪还来这种音乐声震耳欲聋的地方并不太合适。或许，我该重新审视一下自己对某种年龄层的看法了，维贝克心想。她微笑着告辞，抬脚向吧台方向走去，穿过人群去找汤姆。

女人从一筒卷纸上扯下了几张。他在车外用夹克袖口擦了擦嘴角，感觉脸上和嘴里都干得发紧。他接过纸巾，回到车里一动不动地坐着。呕吐后的放松感如约而至，他觉得舒服多了。她发动车子，开回马路上，速度变得平稳了许多。

“你眼睛里有东西。”她说。

“是的。”约恩回答。

两人陷入了沉默。他忘了眼里有东西这件事是会被看出来的，然后别人就会提醒他，总是不断有人在提醒他。他倒宁愿有什么东西长在衣服下面或是身体里，这样就没人会发现了。

“一直就有的咯。”她说。

是的，约恩回答。一直都会出现，一直都在。他直直地望着前面的道路，只感到眼睛周围的肌肉忽松忽紧，速度越来越快，不断地眨巴着。他不打算刻意去阻止了。他靠在座椅上，将下巴埋到胸口，双腿尽量抬起但又小心翼翼地不让鞋子弄脏椅面。闭上双眼，他仿佛置身宇宙飞船的乘客，正前往另一片星球。

“别睡哦。我不能睡，你也不能睡。”

他睁开眼，用眼角看着她。她是在开玩笑吧。他问她为什么不能睡。她回答说自己也不清楚，就是没什么睡意。我从来没出现过这种情况，约恩说，我妈妈说过事实上我们完全可以想睡就睡，只要学会自我放松就可以了。

他再次闭上眼睛。她继续说着什么。他感觉眼皮处出现的光亮和斑点像极了一片未知的银河，他想象着自己接下来该做些什么，应该是在某处着陆或是展开一场艰苦卓绝的星球大战吧。脖子有点发痒，但他没力气伸手去挠了。她哼起了歌，虽然感觉有些奇怪，但他并不想打断，只想找回点力气。他的宇宙飞船在一阵狂暴的流星雨中灰飞烟灭，成了一粒渺小的尘埃。

“很棒的音乐。”汤姆说。

她点头同意。女服务生将一杯啤酒递给她，并接过她手里的钱。他的杯子已经快空了。她一边啜着泡沫一边看着他。泡沫在唇边渐渐消失。他有着一双来自异域的大眼睛，一只眼里还带着眼屎。他的嘴部很窄，但看上去温柔而湿润。

他转身背靠吧台，低头看向酒杯时，一缕金发由上而下搭到脸颊，像是打了个钩。

只见头发一缕接一缕地垂下来，如同踏上了一片开阔的广场，或是一条无边的铁路。他伸手将她牵过来，两人转身对视而笑。周围的一切变得灿烂而静谧。她也垂下了眼眸，想要告诉他关于自己的一些事，又不想和盘托出。我不能说得太多，这样会破坏气氛。

吧台是木头做的，感觉很旧了，染色的桃花心木上还留有抛光和上釉的痕迹。他穿着一双粗底黑色靴子。突然，有人从她旁边挤了过去，她一个踉跄跌向他身前。手袋滑到了地上，面庞贴着他的毛衣，手臂碰到了他的大腿。她好像触到了他的私处，那里感觉有些硬了。她弯腰去捡手袋，他也正准备这样做，两人的头磕到了一起。他托起她的下巴，将她的脸转到自己面前，双眼直视着她的眼睛。

“碰疼了吗？”

她摇了摇头，眨了眨眼，看向天花板。

“怎么了？”

他看起来有点担心。

“太多事想说了。”她轻声道。

她似乎就要对他脱口而出，向他讲述关于自己的一切。再次陷入沉默。这样的宁静在她看来，是他带给她的幸福。

“你说什么？”

他靠近她。

“说大声一点。”

我还得再等等，维贝克心想，她想要保持他们之间现在的样子，不让这种关系遭到一点点破坏。这次我要坚持住，要到再合适些的时间再打破沉默、坦诚相待。

“只是烟太浓了，”她看着他说，“我不习惯这么大的烟雾。”她想用眼睛对他倾诉心里的话。

脸上的一阵热风将约恩唤醒，一股奇怪的气味钻进鼻子，他睁开眼睛。那个一身白衣的女人几乎完全压在他上方，那股热气便是她的呼吸。他发现车子已经停了下来，周围一片漆黑，唯有雪地露出丝丝光亮，这微光只有他刚刚睁开的双眼才能察觉。这样看起来外面还算清晰。

“你流了好多口水在座椅上。”

她的声音听上去有些疲倦。他感觉全身僵硬，仿佛睡了很长时间。嘴巴已经干了，他用攥在手里的纸巾从左边脸颊擦到下巴，再到脖子，一边擦一边感到口水的冰冷。

“我一般不会流口水的，”他说，“我们停在这里很久了吗？”

他想最好自己没有睡太长时间，因为他常常说梦话，他不希望她听到自己说些什么。他努力保持不眨眼睛。

“我也不知道。”

她从小抽屉里拿出一盒香烟，点燃一根，靠着靠垫抽了起来。她看向车前的路面，嘴里吐出圆圆的烟圈。暖气发出些许声响。他感觉他们好像呆在一个玻璃球里。维贝克曾送给他一个很旧很旧的玻璃球，应该是她小时候就在玩的那种。它就在床头柜上放着，每次他摇动的时候，就会有雪花般的白色纸片掉落到玻璃球里的小房屋上。

“大概停了一刻钟吧。你要不要来根烟？”

他搞不清楚她是不是真的知道他几岁。在学校，大家都说抽烟会死人的。他回去问维贝克，她回答说，一些人死去是为了让另一些人能够活下去，或者说活得更潇洒些。

“我妈妈会抽烟。”约恩说。

“抽烟会掉头发。”她笑着扯了扯自己稀疏的头发。

“我妈妈没掉头发。她的头发又黑又长，一直到肚脐眼那里。她总说：‘我长着马尾一样的头发。’”

他在想，如果鼻子憋住气，只用嘴巴呼吸，会不会少吸进一些烟味呢。反正，烟吸进嘴里也是没有味道的。

“你妈妈是不是鼻子里有一颗小钻石？”

“是的，”约恩说，“但那不是真的钻石，只是看上去像而已。她说等到有钱了，再去买一颗真的钻石。你认识我妈妈？”

“我是先知。”

“先知是什么？”

“就是可以在脑子里看见一些常人看不见的画面和事物的人。这是个秘密。”

他不相信她说的话，但也不想表现出来。

她又吸了一口，然后把烟递给他。他用食指和中指夹了过来。她用手扶着他的手。他将香烟放进双唇间，深吸一口。他闻到了她手指的味道，应该是涂过某种护手霜吧。他开始不停地咳嗽，咳到自己和她的手上。眼前一片灰蒙蒙的烟雾。感觉还好，并不像他之前想象的那样难受。他要不要从此开始吸烟呢？她放开手看着他，开始吸另外一支。他又抽了一口。她缩到自己的座位上，他也照做了。他们直直地看着前方，路面一片白茫茫。从他醒来到现在，一辆经过的车都没有。约恩用食指和大拇指捏着香烟，心想，总有一天他会拿到自己的驾照。

女孩乐队的那位领唱用低沉的声音在麦克风里说着些什么。她们今晚的演出结束了，开始在小舞台上收拾自己的乐器。大家鼓起掌来。酒吧里放起了CD，音乐平静轻柔，应该是某种爵士乐吧。红发女孩用一块皮罩将贝斯盖好，皮罩是羊皮做的。维贝克看着汤姆，他站在那里，闭着眼睛，喝着新叫来的啤酒。他还是俯身趴在吧台上。她问他在想什么。他好像没听见她说话。她踮起脚尖，凑到他耳边又问了一遍。

"在想夏天。"他闭着眼睛答道。

她感到很高兴，因为自己也在想夏天。这里成天下雪，真是让人厌倦。她想象着他们俩还有多少共同的地方。等到天气变暖，山丘变绿，阳光普照，他们可以坐在户外的树荫下看书。她看着他，喜欢他双眼紧闭的样子，喜欢他沉浸在自己世界里的表情。他可以坐在家里另一张扶手椅上，戴着眼镜，一定是准备看书用的。镜片圆圆的，框架是不锈钢做成的。他看书的速度是快是慢？她想问问他。看书的节奏可以看出一个人的个性和对生活的态度。

出口处传来一阵声响。门打开了，大家互相拥抱道别。门时开时关。她看见了咖啡馆的那个年轻男人。他靠着一位浅色头发的女孩，小声说着什么，逗得她甜笑不止。维贝克觉得那女孩最多不超过十七岁。

社保处的那位女士牵着丈夫的手，无意间撞到了浅色头发的女孩。乐队演奏结束后，很多宾客都散了，但酒吧里还剩下不少人。丈夫帮太太推开门。女人似乎对外面的寒冷毫无准备，冻得瑟瑟发抖。她也准备开车往回走了，回去的路上有个伴真是再好不过了。她看向汤姆。他背靠吧台，眼睛仍然闭着，鼻子里深沉而均匀地呼吸着。她很欣赏他这么懂得自我放松，看上去跟睡着了没什么两样。她甚至想要找个地方躺下，就这么看着他。

“我们现在做什么？”她问。

她的手忍不住想去抚摸他的头发。但她控制住了，不想被冲昏头脑。

“我们走吧？”

她提高了音量，努力从丹田处发出声响，让自己听上去更加深沉而性感。他转向吧台。一品脱啤酒摆在印着当地一支大型乐队广告的杯垫上。

“我先喝完这杯。”

他拿起半满的杯子，看着她，想要跟她碰杯。她从他的眼睛里看出了些慌乱，似乎并不寻常。他喝了一口，又舔了舔上嘴唇。身后，人群还在慢慢散去。

音乐声变小了。吧台后的女孩在收拾他们头顶上方陈列架上的干净酒杯。玻璃敲击声、座椅刮擦声此起彼伏。旁边的高脚凳空出来了，她靠了上去。

从自己嘴里吐出的烟味好像有些不同，约恩心想。他轻轻转头去看那个短发女人。只要她闭上嘴巴，看上去跟男人别无二致，下颌轮廓尤其分明。她在抽动着脸上的肌肉，时紧时松，就像是脉搏在跳动。他也试着模仿起来，闭紧牙齿。但他无法做到一模一样，下颌不一会儿就累了。他努力用嘴巴做着各种怪相，想要放松放松。她转身看向他，脸上的肌肉仍然时松时紧地抽动着。她应该是无意识的吧。他想起自己在电视里看到的一部沙漠毒蛇的动物纪录片，里面有好几条蛇颈部都在做着类似的动作。当时电视里的背景讲解声响起，说这正是毒蛇在准备攻击猎物前经常做的。他闭上眼睛，不想见到这一切。暖气继续发出声响。他决定开始数自己知道的所有星系。他数得非常慢，直到数不下去了才睁开眼睛。

她从自己那侧的窗玻璃向外看去，脸上的肌肉已经平静下来。她又露出疲态了。他转身看向她目光落脚的地方。那里没什么好看的，只有森林。

“深夜，在大森林旁边的无人马路上。”

她看着森林说道。说完便将目光转回他的身上。

“这里离城里不远了，在进城的路口就有个加油站。”约恩说道，反正我无所谓，我肯定妈妈现在已经到家了。

“我妈妈，我妈妈。”她模仿着他充满孩子气的语调。

他突然想到在那个女孩家看过的一段短片。里面有一男一女坐在车里，女的在唱歌。他们在一个陌生的国度，或许是意大利的一座小岛上吧。他们开车开了一下午，直到夜幕降临才在山丘顶部见到了一栋建筑。路况越来越差，车子在泥浆里滑来滑去，他们就这样一路颠簸着转过最后一个大弯，来到了一道大门前，门上用古老笔触写着“旅店”二字。那是一家灰暗的旅舍，看上去一个人都没有，四下漆黑，一副废弃的模样。女歌手和那名男士提着行李箱来到前台，一群身穿制服的人接待了他们。短片就此戛然而止。

“这里的人会骑摩托雪橇吗？”女人问道。

“是的。”约恩说。

“那他们为什么不骑着出行呢，这样会方便得多。可我到现在一辆也没见过。”

“我也不知道。”约恩说。

“有这种东西至少得用一下吧。”

他的脑海里浮现出停在家家户户房屋后面的摩托雪橇。它们通常都靠在墙壁上，外面有一层保护壳。它们一般在别人家靠近森林的一侧停放着，人们一只脚跪在座位上，一只脚站在雪橇板上，拉动引擎绳后就可以保持半蹲姿势在树木间穿行了。他晚上有时会被雪橇发动的声音吵醒，有的是准备出发，有的大概是刚刚到家吧。最初听到这样的声响时，他总会联想到冲锋枪。

“会的会的，有很多人都在用摩托雪橇。不过我们家没有。”维贝克不喜欢在雪里来来去去。“但是我有一双溜冰鞋，”约恩说，“而且我还认识一个在战前赢得过卡洛特洛佩特滑冰赛的人。他把自己的溜冰鞋保存在地下室的一个柜子里。”

“好了，我们走吧。”汤姆说。

他开始朝门口走去。维贝克后悔之前没先去上个洗手间。顶棚上的灯都亮了起来。她发现墙面的装潢很不寻常。整间酒吧很脏，一层厚厚的灰尘蒙在墙上。汤姆在她前面走了出去，用手撑着大门，眼睛望向街道。她将衣领捏紧，另一只手摸了摸手袋和手套是否都已带齐。

又有些人跟在他们后面走了出来。大门关上了，路上响起的脚步声传进耳里。

她的脸上感到一阵刺骨的寒冷。路面结着厚厚的一层雪。街对面，一辆小货车被扫雪车推到路边的“雪墙”团团困住了。

她站着没有动弹，只想这样静下去。“听，”她想说，“听听，多么寂静。”她抬眼望向天空，看不见星星，应该是被云层遮住了。他向车子走去。她发现他的头发一直留到了颈后。

“我得去趟洗手间。”她说。

汤姆停下脚步，大声叹了口气。她转身再次准备推开酒吧大门。门被锁住了，她敲了敲。

汤姆在远一点的地方站着，看着路面。他的背部最上方微微有些弯曲。她觉得脖子里很冷。一辆车头朝向咖啡馆的小轿车正在往后倒，接着白色倒车灯熄灭，车子开远了。那是辆警车，最老式的那种方形车。

吧台后面的那个女孩过来开了门。她用右手撑着门框问他们有什么需要。维贝克说想去上厕所，刚才出来的时候忘记去了，一会儿还要开挺长时间的车才能到家。还没等她说完，女孩就点头同意了。维贝克发现女孩的目光绕过她看向了汤姆。

想十个好主意吧，她坐在马桶上对自己说。卫生间的地面铺着方砖，蓝绿相间的。洗手池旁边放着一只装得满满当当的垃圾桶。卷纸一直拖到了地上。有人在纸巾上留下了唇印，她能清晰地看出整个唇部轮廓。她再次对着镜子梳理了一下头发。就这样，看着自己的深色发丝，她露出了满意的微笑。

她走出洗手间时，汤姆和那个女孩正在吧台角落里，一人拿着一杯酒，低声交谈着。维贝克站在高处，就在刚才乐队演出的小舞台上。他就要转过身来跟我对视了。"你真美。"她听不见他们之间的对话。她走下楼梯，来到两人面前。女孩跟她打了声招呼，问她还要不要喝点什么。她摇头。维贝克觉得有点不舒服，大概是抽烟抽得太凶了。她站在汤姆旁边，听女孩讲附近斯托尔瓦内特湖上举行的冰面垂钓比赛。维贝克在办公室听别人说起过。那片湖好像就在不远处，虽然从国道这里看不见。她注意到有一片区域总是停着许多车辆，大概那边就是湖吧。汤姆说了些对鱼钩、钓鱼装备和技术的看法，她完全不知道原来他还对钓鱼感兴趣。

她看着天花板，正中央悬着一台明晃晃的吊扇，静静地停在那里。天花板是宽板条铺成的，漆成棕色，点缀着黑色及金属色的圆环。

短发女人睡着了，嘴巴闭了起来。约恩想，她大概有一副假牙。他现在没了睡意，在她睡着这段时间也不知该干点什么。“现在，我关门了，毕竟你已经是大孩子了。

黑暗并不危险，你只是自己在吓自己。你必须做出选择，约恩，你来选择把自己的精力放到什么地方。你要是想害怕，就害怕吧。如果不想，那就控制住自己。现在，我要关门了。晚安。”他看着森林。他的眼睛早已习惯了黑暗，他可以清晰地分出道路与树木的界限。好像很长时间没有眨眼睛了。大概是恢复正常了吧，当然只是目前暂时正常。车旁的雪堆里是一个个排列得颇有规律的坑洞，应该是动物留下的脚印吧。

维贝克走向门口。她拧开门锁，推门而出，接着一直等到听见门锁再度关闭的声响才迈开脚步。

路灯已经熄灭了。这里的路灯是在午夜时分关闭的。仅有的光亮来自各家商铺外的霓虹灯、玻璃橱窗和银行的广告牌。夜晚的某些地方看起来跟白天截然不同。她曾在某本书上读到过个中缘由，但忘记是哪一本了。她想，那些晚上来过这里的人，到了白天不一定还能认出具体地点。

她从外衣口袋里掏出手套戴上，仔细整理了一下围巾，将脖子团团裹住。我给他留点单独的空间，让他知道我是一个会给人留余地的人。在我这里，永远可以给他与别人相处的空间。毕竟，我不能满足他所有的需求。他也满足不了我的一切愿望。让他独处，反而可以使我的存在变得更加明显。

她朝着车子走去。寒风呼啸，吹得地上的雪片翻滚起来。她以为车门是锁上的，但用力一拧，居然打开了。

前方抽屉的门弹开了，他用左手抵在那里，以免发出声响。他肚子饿了。他常常半夜起床找吃的。走道的灯总是亮着，整条楼梯都能看见。大概维贝克每次都忘记关掉吧。他切了点面包，涂上果酱，然后将所有东西放归原位。他会把工作台上的面包屑收拢攥在手里，全部扔进垃圾箱，再坐到餐桌旁一边吃一边看着外面的马路。他最喜欢在下雪天坐在窗边，将收音机开到最小音量，听着里面的深夜节目、点歌频道和温柔而沉静的声音。

他看了看她，她还在睡。抽屉里有一些票据、保险公司的文件、几张右上角印着市集节日标志的纸片，还有一张明信片。上面的图片里有一扇绿色的大门，周围都是红花，窗户里面一张棕色桌面上摆着一只黄色花瓶，里面插着麦秆。明信片背面用他不认识的文字写着几句话。抽屉最里面放着一部手机。他拿出手机，打开盖子，想要给家里打个电话。他想维贝克了，他想她现在肯定已经回到家了。蛋糕应该已经做好很久了，她可能也睡着了吧。要是现在给她打电话，可能会吵醒她。她不喜欢接电话。“我喜欢看着别人的脸说话。”要是下午有电话响，她会让他去接，然后问他是谁打来的、声音是什么样的。他会跟来电的人说她不在家。“不能让其他人控制自己的时间。”于是他关上电话，放回抽屉。不然她一定会想是谁打来的，她一定以为我正在床上睡觉呢。

抽屉里还有点零钱，但他不敢去碰，怕万一女人醒来看见自己在干什么。

车里似乎比车外暖和些，应该是没风的缘故吧。她还是感到寒意逼人，虽然风并没有像人们常说的那样不断灌进来，但仍旧很冷。就这么坐着等他来实在是太冻了。我就是要这样，安静而亲近。她背对酒吧方向坐着，看不见他什么时候会出来。她闭上眼睛，努力向后仰着头，想要休息一会儿。

让她等了这么久，他会找什么理由来解释呢。他应该是在寻找某种界限，某种跟她的界限，某种与她的关联。他其实可以单纯靠近我本来的样子，维贝克心想。他也许可以凭借语言的力量。这个想法在她看来仿佛左眉毛上方的那颗痣，她可以准确地触碰到，但很少去揉按，因为实在太痛了。

她听到了脚步声，接着是开门声。她几乎跳了起来，本来以为会等很长时间，谁知他这么快就来了。

他匆匆看了她一眼，然后望向仪表盘、后座、脚垫、变速杆和离合器踏板，似乎是在确保一切准备就绪。

他一言不发地坐到驾驶座，开始翻找身上的口袋。维贝克想起来，他们在“市集节日”上相遇时他也做着同样的动作。从某种意义上说，她是了解他的，她能从他自己无法达到的角度观察他。他起身摸向自己后方的口袋，但什么也没掏出来，又坐了回来。再次拍了拍毛衣底下的衬衫胸袋处，终于找出了车钥匙。她也一句话都没有说。他闭着眼将钥匙插进点火器，发动了车。暖气打开了，发出嗡嗡的声响。他将车倒到马路上，加速朝着咖啡馆方向开去。维贝克发现咖啡馆里的灯已经都关掉了。

在一处转弯的位置，他用力打着方向盘。她有些坐不稳，向他倒了过去。接着她用手撑住他的座椅，重新直起身子。

他刚准备关上抽屉，突然在夹缝里发现了一颗黄色糖果。估计是从包装里掉出来卡在这里的，上面已经蒙上了些灰尘。他把糖放进嘴里吮吸了起来，是黄油味道的。突然，他开始用手弹起一段自己学过的节奏，手指动得越来越快。显然，在硬一点的表面上敲击会更有感觉，但为了不发出声音，他在自己大腿上弹了起来。过了一会儿，他试着双手慢弹，接着感觉左边太阳穴剧烈跳动起来，于是又加快了速度。

汤姆打开车灯，轻按了一下喇叭，将一盒口香糖扔到仪表板上问维贝克要不要来一片。她摇了摇头。他们已经驶离市区。他跟她讲了一段自己和同事们的趣事：几周前，他们在快结束营业的时候让几个年轻女孩子坐上旋转木马，然后任由机器一直转个不停。他笑了起来。

“你在干什么？”

她的声音变得很响亮，约恩感觉有些陌生。他停下手里的动作，看向她。她保持着陷在座椅里的睡姿，眼睛只睁开一条缝。他回答说，只是自己在练习的东西。她没说什么。约恩接着说，两只手一起做真的很难。他做了几次给她看，然后又停了下来，想问问她是怎么想的。她直直地看向路面，他跟着她的目光向外望去。

他们来到了大森林陡峭边缘前的一处平地。维贝克如今对这段路已经很熟悉了，每次经过都会觉得它越来越短。汤姆似乎被眼前这条看似没有尽头的马路刺激了一下，加快了行驶速度。车灯在他们前方漆黑的道路上形成了一片开阔的白色区域，并且还在不断地扩充着。《世界在变大》。这是她在图书馆里看到的一本书，讲的是自然史的主题。她还没时间去详细阅读，因为手头总有想要先睹为快的小说在等着。以后得找时间跟汤姆聊一聊这本书。关于现代物理的话题，她一无所知，却也觉得妙趣横生。

迎面而来的车辆闪得约恩睁不开眼睛。他扭过头去，过了片刻再转身去看。车子越来越近，约恩注意到它的轮子特别大，也比普通小轿车更高一些。这是辆军用车，他心想，几秒钟后它的车灯就会照到这里，会把我们这辆车整个照亮，然后就会发现我们。他快速俯身向前，把头埋进膝盖里：现在就像是身临一场侵略战争，那耀眼的灯光就是致命的镭射激光。她问他在干什么，他顾不上回答。

那辆车飞快地跟他们擦身而过。

“你看到了吗？”汤姆问。

维贝克问他看见了什么。

“我们刚刚经过的那辆车。”

“看见了。”维贝克答道，不明白他为什么那么警觉。我觉得那并不是警车。

“但里面坐着人，你看到了吗？”

“大概就是几个想要出城清静清静的人吧。他们估计坐在里面听古典音乐。”

她看着他。他双眼紧紧地盯着引擎盖前方的路面。他这副担惊受怕的样子让她觉得很可怜。要是他愿意让她帮把手就好了。

约恩听着那辆车呼啸而过的声响。他们俩一句话都没说，好像都在仔细聆听着。突然，女人发出了一声咒骂。

“蠢货。”

短发女人又点燃了一根香烟，使劲抽了几口。她的动作很缓慢，手上还微微有些颤抖。车里再次烟雾弥漫。

接着，她拧动钥匙点火，将双手搭在方向盘上，起步开回马路。一只轮胎在雪地里打滑了一下。

维贝克看着漆黑的森林、马路和转角，心里盘算着还有多远。汤姆哼唱着一首副歌不断重复的曲子。在每小段唱完之后，都会用大拇指在方向盘上敲击两下。她看着他的身子和脸庞。他的嘴角还留着些牙膏印迹，她之前没注意到。她开始回想，他什么时候刷的牙，大概是出发前在野营车里吧。她感到异常疲倦，很想靠着他直直地躺下来睡一觉，醒来时还能见到温暖的目光。

“你觉得未来是什么样子的？”

“我也不知道。”汤姆说。

“我想说的是，在大部分书里都会有第二篇章，有故事的续集会发生。”

“是的，我们一起期盼吧。”

“那今晚的故事呢？它的续集会是什么样的？”

他叹了口气，张开嘴，却欲言又止。接着，他说道：

“你跟我一样清楚，对于那些甚至从来没有开始过的事情，是没有什么后续可言的。”

两人陷入沉寂。维贝克后悔向他提出了这个问题。她还是过于直接了，让他感到了侵略性，逼得他无路可走。他显然有些不快，但她很善于察言观色，知道一个人真正的底线在哪里。有时我们需要冒一点险，把事情摊开来讲。

“可有时候，一些事情会在不知不觉间发生。一次邂逅就会让事情有所不同，但我们往往事后才想明白，原来一切都悄然改变了。所以我们要始终保持谦逊的心态，要承认凭借一己之力无法窥见事情的全貌。”

只见他将牙齿咬得紧紧的。他一定是想爆粗口了，维贝克觉得，他很难控制自己的情绪。就像是他明明知道她在外面的寒风中等待，居然还在跟酒吧里的女孩聊天。他大概有些疯狂了。他或许正在努力控制自己，努力保持情绪镇定。她觉得自己可以调节他身上矛盾重重的地方。疯狂与睿智往往只是一线之隔，她想起了在野营车里看到的那些书。他在随着“市集节日”队伍四处旅行，这就如同在接受又一次教育。跟他们一起的那个穿着白色毛绒衣服的女人看上去也同样神经兮兮的。

她看着车外的垃圾堆，它们之间规律的距离在她头脑里形成了某种节奏。她感到自己孤独而又强大。

短发女人让他直起身子来，别再乱搞了。约恩看着她，她抽烟抽得又快又狠。她没再递给他一根。她搞不好是个男人，约恩心想，她的鼻子实在是有些大。他低头去看她裤裆里凸起的部分，但完全看不清楚，她长长的白毛衣一直盖到大腿。她的胸部也被遮得严严实实，约恩想即使有隆起，应该也并不大吧。她问他在看什么。可能是个男人在问。

“没什么。”约恩一边回答，一边看向自己的手和指甲。跟方向盘上的那双手一对比，他甚至分不清哪双是自己的了。

他们转到通往郊区的明亮路段，右手边已经可以看见市集节日的灯光，一串串红色、黄色、蓝绿色、紫色和橘色的灯泡在夜空中划出道道拱桥，又像是她小时候戴过的玻璃珠链。她突然想起了口袋里的弹珠，于是伸手进去触摸。它们已经不再冰冷了。她掏出一颗，不动声色地放到身后的座椅上，这样她就有一件物品可以在他无法察觉的情况下跟在他身边了。或许在某天发现它的时候，他会再次想起她。

他们经过了市政厅。她的办公室就在建筑的另一头，靠马路的这一侧是看不见的。他放慢速度，一点一点地往前挪动。

“你得告诉我要送到什么地方。”

她没有马上回答。

他重新加速。

“一直沿着这条路走就行了，”她轻声说，不想激怒他，“不远了。”

车子突然一个加速，约恩感觉整个身子都贴到椅背上去了。他看向她的脸，她又开始做起了时松时紧的眼周运动。接着他转头看向前方的路面，车头灯照亮了雪地。他觉得这辆车就像是个机器人，不管发生什么事，它内部的程序都能帮助他找到回家的路。

维贝克看着窗外，车子慢慢地经过了杂货店和公交车站。她又看了看速度表，好像并没有明显慢下来，但应该只是幻觉吧，毕竟刚才行驶的速度快得多。她的目光越过他看向另一边，黑暗中是一栋栋房屋、停在小路上的私家车和拉起的窗帘。一只小狗趴在一户人家的门前。它一动不动地呆在那里，看向门后的屋内。它应该在这里呆了有一阵子了。

“就在这里。”她指了指家的位置。

他停下车，没有关闭引擎。她看着家里的窗户。一束微光从客厅处透出来，那是走廊的灯光。屋子其他地方都是漆黑一片，看起来空无一人，里面的绿植似乎也只有死路一条。她还没买窗帘，应该是因为可选择的款式实在太少吧。但事实上她并不喜欢窗帘，感觉那东西只会令房间失去色彩。

“里面比从外面这样看上去舒服多了。”

她并不怕他。

他一言不发，只是直起身子，往前微倾，低下头去看着方向盘。然后他转身面对她：

“我得回去了，我想在天亮前睡一会儿。”

她看着他，目光中充满关切和尊重。他或许没有表面看起来那么通透，他心里还是有很多顾虑的。她打量着他，最后一次看向他的面庞和浓密的头发。

“好好保重，好吗？”她说。

她把每个字都说得很用力很清晰，想要他明明白白地理解自己的感受，想让他懂得这些话语的分量。他微微一笑。

她松开安全带，直起身子，伸手去摸黑色的塑料门把手。开门时发出了一声轻响，寒意瞬间袭向她的双腿。她打开车门，把脚伸了出去。车子稍微有点高，她得轻轻跳到地面上。接着她转身趴回车内去拿放在座位下方的手袋。他看着车子前方的马路。

她关上了门，但没能关紧。他俯身撑着座位将门打开再重新关上。坐回原位之前，他们又对视了一眼。他启动车子上路了，几米远后便加快了速度。

维贝克往家门口走了几步，再回过头去寻找他的目光，他的后车灯在路面上留下了一片粉色的印迹。他一路向北开去，没有回头，似乎早就知道不一会儿就能到达国道。或许他之前已经来过这里了。但她找不到他身上熟悉的地方，他的目光看上去是那么睿智。

她打开手袋，翻找了一会儿，手上感觉有些冷。突然，她想起家门钥匙在外衣口袋里，于是伸手去掏了出来。

他们在市政厅那里转了个弯，穿过一片小树林，一路来到了市民文化馆和运动场。其实这里也不能算是什么树林，只是有几排桦树。“市集节日”的装饰灯泡还在闪闪发亮，在夜空里划出一道道色彩斑斓的印迹。约恩开始放飞想象：这应该是来自宇宙空间的移民在地球上扎下的营地吧，周围所有这些灯光形成了一道防护墙，可以阻止其他人入侵。她倒车停靠在一片雪堆旁，关掉了引擎和前灯，只留下暖气仍然开着。点燃一根香烟后，她一边缓慢地吐着烟圈，一边抬眼看着路灯。她看上去真是累啊，约恩心想。路灯直射着正下方的雪地，留下点点光斑。约恩想去摸一摸那些斑点，但知道只要一伸手，它们便会消失得无影无踪。

“我抽完这根就开车送你回家，好吗？”

她浅浅地笑了，每次笑的时候都感觉有一丝哀伤。他转头看向后视镜，从里面可以见到几棵桦树、零星栽种的松树、随意丢弃的塑料袋和坑洼雪地上的几只空啤酒瓶。雪堆边缘有些露营炭火留下的黑色印迹。

维贝克把外套搭在电话旁的椅子上，走进浴室，坐到了马桶上。她双肘撑着膝盖，俯身向前思索着什么。生活真是莫名其妙啊，她摇了摇头，从心里发出了一丝苦笑。

又有一辆车在市政厅那里转弯了。同样也经过了市政厅和市民文化馆。这也是一辆越野车，跟他们刚才转弯前看到的那辆差不多。这辆车开到“市集节日”入口处便停了下来，车前灯和引擎都熄灭了。一个身穿黑色皮夹克、顶着一头浅色鬈发的男人从车里走了下来。他甩手关门，又打开再关了一次。他一动不动地在那里站了一会儿，然后回过头来看了一眼。约恩觉得那人正在直直地看向他们。接着他迈开了步子，轻快得像是在一路小跑。

男人打开大门，消失在了旋转木马和夜色之中。

女人将香烟掐灭在车门边的小匣子里。那里面已经堆满烟蒂和烟灰。她几乎没有转头，只是用眼角瞥了眼约恩。她不想看我，约恩发觉了。他看了看自己的手，上面已经没有口水了。他感觉眼睛又眨起来了，努力想要忍住。嘴里没有口水再冒出来。

女人跟他说，他的妈妈现在应该已经回到家了。她说她能明确地感觉到这一点，非常肯定。

“我送你回去吧？”

约恩从她的语气中听出来，她并不是很情愿。

“我走回去吧，”他说，“离得又不远，而且我对这附近很熟悉。”

“你确定可以吗？”她问。

约恩回答说，可以，没问题。他下了车。她在他身后关上门，再从自己那一侧下车，将车门完全锁上。

突然之间，整个世界似乎都沉寂了下来。

他们走在雪地上，脚下传来阵阵声响。女人感谢他晚上这段时间的陪伴，朝他轻轻点了点头。接着她便转过身去，小步走向刚才那个男人经过的那扇挂满装饰灯的大门，穿过那片空荡荡的场地。她一只手拎着白色假发，长长的发丝垂到地上。渐渐地，她的身影消失在了一辆野营车的背后。

他用脚下的靴子跺了跺地面，顿时传来某种清晰的回声。接着他又停下动作，静心感受着周遭这无边的寂静。他思索着，是不是寒冷会将声音的效果放大；是不是如果足够冰冷，整个地球都会被声音震到爆炸？

他走了市政厅和杂货店之间的小路，有一种初临地球的感觉。曾经居住在这里的所有人类都因为中了辐射而纷纷死去。他在马路上快步朝前走着，不知路过了多少栋房屋，耳朵也快冻得受不了了。帽子不知去了哪儿，大概是忘在家里没带出来吧。他举起双手捂住耳朵来保暖。独自一人的时候，他尽量不去看那些树木，他总觉得森林里藏着什么人。

维贝克回到自己的卧室，拨动了一下闹钟。她不想去直视时间，因为要是知道现在到底几点了，她便会忍不住一直想着起床的事情，再也睡不着了。她就这样将闹钟放回搁板上。百叶窗已经拉上了，一整天都没开过。她闭着眼睛脱衣服，想象着自己已然睡着了。掀起羽绒被的一角，直直地躺进去，再将自己紧紧地裹起来，将下面的部分折过来用脚压住。她努力让呼吸缓慢一些、深沉一些，这是她在上一份工作培训期间学到的技巧。她有意识地将整个身体放松下来，从脚趾开始一路向上，每部分躯体都要关照到，直至头部。等到完成整套动作，她感觉自己几乎已经睡着了，眼前出现了技术部那位工程师的棕色眼睛。

约恩来到了之前碰到的那个女孩的家门口。他抬眼看向二楼的窗户，心想那里应该就是他透过门缝看到的房间。窗帘并没有放下来，但里面一片漆黑。床上方的灯一定是被关掉了。约恩再一次看了看窗边，无奈并没有人回看过来。

对面房屋的一侧有一条通往森林的小径。百来米之后，便是一片带着亮光的微型海岸。更小一点的孩子喜欢把这里当作迷你滑雪场，学着高山速降的样子玩耍。约恩跟班里的一个男生来过一次。他们偷偷摸摸地搞来了一台雪地摩托，最多时上面载着十个孩子飞速向前奔驰，直到大家一起摔倒或是撞上大树翻车，每个人脸上、脖子上和外套里都沾满了雪。现在那里或许还有人吧，约恩想着。他决定爬上最近的一处小山坡去看一看。等我走上去看一眼再回家，那时妈妈肯定已经到家了。

耳朵和额头都已经冻僵了。他站在小山坡上，面朝森林，背后便是一排排房屋。探照灯照亮了步道。他好像听到了什么声响，但一个人也没看见。

灯光下的雪地是黄色和栗色的，阴影处则是一团乌黑。这里感觉并不危险。周围的森林非常安静。约恩想，如果能一路走到探照灯的位置，那他就是胜利者，因为他做到了以前从来不敢做的事情。

前方有滑雪的痕迹，也有清晰的脚印，他小心翼翼地走在当中，不去触碰那些没人踩过的部分。他尽量有节奏地呼吸着，想让自己听起来像一列火车。

抬头一看，才走了一半的路程。或许离家的距离比自己想象得要长一些。现在，他不再往上看了，只是埋头前进，等待眼前出现下坡路的那一刻。

最后一段上坡路非常陡，但他并不想往上看，只想着赶快到达坡顶。双腿也开始冷起来了。寒风穿透皮夹克钻进身体里。以前穿的那件外套有一条腰带可以系紧，但今天这件什么都没有。

爬到坡顶，他转身看向市镇。路灯组成了一条拉长的光环。一切看上去都是那么遥远。他住的这片地方真是奇怪，仿佛来自另一个星球的光圈。实在是太冷了，他想要回去了。脸上、手指和大腿都已冻得没了知觉。他希望立刻就能回到家里。要是眨眨眼就能瞬间到家，那该有多好啊。万一迷路了怎么办？在这座山坡上，在所有探照灯的照耀下，人人都能看见他，看见一团移动的黑影。他不能回头。山坡的另一边，有一条小道穿过森林通往山脉。要是现在走回头路的话，有人会把他抓起来拖走的。他绝不能回到马路上去。

他小心翼翼地走下山坡，地上已经结冰了，很容易滑倒。他没有回头，只是慢慢地走着，不能表现出心中的恐惧。要是被人发觉你在害怕，就更容易被抓走了。还好，在黑暗中眨眼睛是不会被发现的。他的脑子里充斥着火车的声音，快速又极具节奏。接着，他感觉自己的尿正顺着大腿流下来。但他继续若无其事地往前走着，不想被任何人看出异样。

只剩最后一段下坡路了。他快速奔跑起来，想要尽早安全地来到平地上。双腿好像不听使唤了，他绊到一个深深的脚印，一个踉跄扑倒，双手撑在地面上。脚仿佛被人拖住了似的，但他依然不顾一切地向前爬行，手指在雪地上抓出一道道印记。他站起身来，摇摇晃晃地来到了马路上。突然，他又跌了一跤，但这次并不打紧，因为已经到达安全地带了。

他再一次爬起来，朝着家的方向走去。一个转角，家便进入了他的视线。维贝克的车子还是没有开回来。他停住了脚步，不知道该怎么办才好。她一定是遭遇车祸了。她就这样躺在马路上，慢慢地死去了。而他自己，只能前往孤儿院。他开始想象孤儿院到底是怎样的。

现在，可以确定的是，零点已经过了。今天是他的生日，他九岁了。

妈妈在从城里回来的路上遇到了车祸，这都是他的错。

如果不是因为他的生日，一切都不会发生。他暗自发誓，如果最终一切安好，他以后再也不过生日了。他不需要什么生日蛋糕。他会控制自己不使劲眨眼睛，努力练习屏住呼吸。

来到家门前，他走下马路朝门口走去。

门把手上结起了冰霜，他有一股伸出舌头去舔一舔的冲动。真要这么做了，皮肤和血液会发生什么变化吗，他心里想着。学校里好像有人说过这种体验，他忍住没发表任何意见。他屏住呼吸，竖起耳朵听着维贝克的车声。可能是她快回来了吧，她应该只是被什么事情耽搁，所以回来晚了。

可惜周围什么声音也听不见，连国道上也没有任何响动。刚才他还全身冷得发抖，从脚趾、大腿、腿肚子到脸颊、嘴唇、双手。现在他居然不觉得冷了。他扫起一堆雪，再抬脚踢过去，可惜没踢中，只有寥寥几片掉落了下来。他又搓了一粒雪球，手上竟然感觉暖和了些。张开嘴轻轻咬下雪球的一角，他细细咀嚼了起来。

他坐了下来，感觉身体累极了，像是打了一整天的篮球，双臂和双腿仿佛被挂上了千斤重担。她应该很快就会回来了。他趴在地上仔细聆听着，即使是相隔很远，他也能马上辨认出妈妈的车声。

他闭上眼睛，想象着车子现在的样子。它应该是完整的，正毫发无损地在雪地里行驶着。

轮胎在雪地的车痕上不断向前。这是一列火车吧，他对自己说，火车从横穿市镇的马路上经过，红色的车头闪闪发亮。她对他郑重承诺过，要是乘着火车前来，一定会带上他，两人一路同行。

他难道没有听见鸣笛声和清脆的车轮滚动声吗？当然听见了，汽笛声是那么真切。看来用不了多久，列车就要到达这里了。

他趴在地上，伸直身体，摆出入睡时的姿势。脑海里是一片昏暗、广阔与沉寂。

他就在这里等她。